少年伯爵は月花を愛《め》でる

Contents

レオニール
本人はいたって気にしていないが、軍部で絶大な人気を誇るレオニール小隊の隊長。他人を守れる力を持つことを目標に、日々自らを鍛えている。怪物を退治しているうちに、「給血鬼」となる。愛称はレオン。
ベルナルド
たおやかな外見に騙されがちだが、強気なオレサマ美少年。正義感に溢れる少年。ピアノが得意。事故をきっかけに、「求血鬼」になってしまう。愛称はベル。
少年伯爵は
月花を愛《め》でる

イラスト●おおきぼん太

フェルナンド

士官学校時代から苦楽を共にした、レオニールの親友。公私ともに、レオニールの補佐を務める人物。「給血鬼」の因子に目覚めたレオニールに忠告する。愛称はフェル。

セルバンティス

ベルナルド至上主義の伯爵家の執事。4歳の時にベルナルドの父親に保護されて以来、伯爵家に勤めている。己の全てを賭けて、ベルナルドを守ろうとする。愛称はセルバン。

ジョシュア王子

クールで美しい外見の持ち主で、ベルナルドがお気に入り。傲慢で腹黒な面もある。自分の意のままにならないと、強硬手段に出ることも…。謎多き王子。

ハニーデューク

謎に満ちた闇医者。美形で酒好き。常に酔っているが、豊富な知識と、高い医療技術を持つ。ベルナルドとレオニールに、「禁忌の契約」を教えた人物。

本文イラスト／おおきぼん太

第一楽輪　夜に咲く花

吸血鬼化《きゅうけつき》したベルナルド伯爵《はくしゃく》様の楽しみは、夜更《よふ》かしである。

「聞こえが悪い……！」

むっと不愉快《ふゆかい》な顔をする伯爵と午後のお茶を楽しみながら、祖父トールキンス侯爵《こうしゃく》は笑う。

「いやいや。夜更かしせねば、見られぬものもある」

「ベル様、こちらをどうぞ」

トールキンス侯爵の執事《しつじ》であるタウンゼントが、伯爵に恭《うやうや》しく運んだのは、籐《とう》で編んだバスケットだ。

「香水《こうすい》？」

蓋《ふた》を閉じたままでも、何やら甘い香《かお》りが流れてくる。首を傾《かし》げながらバスケットを受け取った伯爵は、その蓋を開く。

「……植物、ですか？」

赤いビロードの布の上にひとつ、横たえられているのは、ブーメランのように折れ曲がった、全長四十センチメートルに満たないもの。折れ曲がった場所から半分が緑の茎《くき》で、もう半分が白い房《ふさ》だ。

「月下美人《げっかびじん》の花である。今晩咲《さ》くぞ」

からからと笑うトールキンス侯爵に、ベルナルド伯爵は顔を引きつらせる。

「おい、爺《じい》……！」

何やら、見たこともないこれが、月下美人という植物の花の蕾《つぼみ》部分らしいことはわかったが……。

「こういうものは普通《ふつう》、鉢《はち》か何かで持ってくるものではないのか⁉」

これから咲く花を土産《みやげ》にするのなら。

すっかり気分を害している伯爵に、タウンゼントは恭しく頭を下げる。

「ベル様、大変差し出がましいことを申しますが」

「何だ⁉」

「そちらの鉢植えは、高さ五メートルほどになろうかと」

月下美人はサボテン科の温室観賞植物だ。よくわからないが、大きさを聞いただけで腰《こし》が引けるような、そんな物を屋敷《やしき》に持ってこられても困る。

伯爵は、こほんと咳払《せきばら》いする。

「――切り花にしても、もう少し切りようがあるのではないか？」

大きな花の蕾に、申し訳程度に茎をつけたものでは、花瓶《かびん》に挿《さ》すにもバランスが悪い。

「花を愛《め》でるだけであるからな。それぐらいでよかろう」

「本当に咲くのですか？」

萎《しお》れるのを待つだけのような気がする。訝《いぶか》しげな伯爵に、トールキンス侯爵は笑う。

「咲くぞ。今晩のいつ頃《ごろ》かまではわからぬから、見逃《みのが》さぬようにな」

「見逃すって……」

「咲いてから三時間ほどで萎《しぼ》んでしまうのだよ」

花が咲くのを待つだけの蕾なので、そこだけを切ってきたのだ。

「元はストロハイム国王がくださったものでございます。月下美人は、女王花とも呼ばれます通り、美しく香り高く、大変珍《めずら》しい花でございますよ」

トールキンス侯爵の椅子《いす》の後ろに控《ひか》えたタウンゼントが、誇《ほこ》らしげに微笑《ほほえ》む。

優雅《ゆうが》にお茶を飲むトールキンス侯爵とタウンゼントを眺《なが》め、伯爵はすうっと目を細める。

そんな貴重な花を、わざわざ持ってくるということは。

「――今晩、どちらかにお出かけですね？　お祖父《じい》様」

ぎくり。

カップをソーサーに置いた侯爵の手が滑《すべ》り、がちゃんと音を立てた。

「無駄《むだ》に萎ませるのなら、見てやらぬこともないがな……！」

伯爵の予想に違《たが》わず、トールキンス侯爵はオペラに出かけていった。

「月下美人ですかぁ。蕾でも、いい匂《にお》いですねぇ」

明日の公務のために、今日の夕方都入りした弟伯爵は、夕食後のお茶を飲みながら、バスケットに入った花の蕾を目を輝《かがや》かせて見つめる。兄伯爵が見たことのない物なのだから、影武者《かげむしゃ》として育てられていた弟伯爵も、同じく見るのは初めてだ。

「今晩ですよね。……僕もご一緒《いっしょ》してよろしいですか？」

おずおずと尋《たず》ねる弟伯爵に、伯爵は微笑む。

「もちろんだ。一緒に見よう、ルディ」

「はい……！」

眩《まぶ》しい笑《え》みにはにかみながら、弟伯爵は大きく頷《うなず》いた。


屋敷の主《あるじ》である伯爵の夜更かしは、屋敷の使用人たちに気を遣《つか》わせる。屋敷の一室に明かりが残ったままでは、仕事を終えても使用人たちが休めないので、伯爵は通常の就寝《しゅうしん》時間には母《おも》屋《や》を出、温室に場所を移すことにしている。

夜、九時を回ったころ、月下美人の蕾は、緩《ゆる》やかにその白い花弁を綻《ほころ》ばせはじめた。

『坊《ぼっ》ちゃま、咲き始めました』

花の様子を注意深く気にしていたセルバンティスは、よく見えるよう、クリスタルの一輪挿《いちりんざ》しの月下美人の近くにランプを運ぶ。

花弁が開いていく毎《ごと》に、香りが次第《しだい》に強くなる。伯爵はピアノを弾《ひ》いていた手を止める。

「夜にしか咲かない花、か」

それ故《ゆえ》に、これだけ強い芳香《ほうこう》を放つのだなと、伯爵は思う。花は受粉しなければならない。夜の闇《やみ》を飛ぶコウモリを誘《おび》き寄せるには、強い香りが必要だ。

「ルディ様……」

ランディオールは、伯爵のピアノを聞きながらいつしか目を閉じてしまった弟伯爵の肩《かた》に、そっと手を掛《か》ける。

「花が咲きます」

「……う、ん……」

ぽやっと弟伯爵は目を開けたが、しかしすぐにまた目を閉じてしまった。起きなくてはと、気持ちではわかっているようで、もぞもぞと身体《からだ》を動かすが、目が開かない。

「移動で疲《つか》れたのだろう。部屋でゆっくり寝《ね》かせてやれ」

何やら愚図《ぐず》りながら苦闘《くとう》している弟伯爵の姿に、伯爵は苦笑《くしょう》する。

ランディオールは何度も弟伯爵の肩を揺《ゆ》すったが、伯爵の言うように長時間馬車に揺られ、疲れていた弟伯爵の瞼《まぶた》は重かった。

(駄目《だめ》だな、こりゃ)

起こすのは無理と諦《あきら》めて、ランディオールは弟伯爵を抱《だ》き上げる。

「それでは、失礼いたします」

「あぁ。世話を掛ける」

『おやすみなさい、ランディさん』

一礼し、ランディオールは弟伯爵を抱《かか》えて温室を退出した。


見事に開花した月下美人は、直径二十センチメートルはあるだろう、大輪の純白の花だった。優美で豪華《ごうか》な花は、確かに女王花の名に相応《ふさわ》しい。

月下美人を眺めながらの、優雅な夜のティータイム。

右腕《みぎうで》に装着しているのは、細かい作業には不向きの予備の義手だが、セルバンティスは不自由さを感じさせない動きで、器用にホットミルクとスコーンを伯爵に供する。

「花を食べているような気になるな」

月下美人の芳香に満たされる温室で飲食すると、花を口にしている気分になる。昼間、その蕾が伯爵の手に渡《わた》されたときから、はっきりした香りを覚えていたセルバンティスは微笑む。

『飲み物とお菓子《かし》は、香り控え目の物をご用意しました』

香りがぶつかっては、せっかくの月下美人の香りが十分に楽しめない。

『咲いた後の花を召《め》し上がることもできるようですよ』

バラの花をジャムにするのと、同じようなものだ。香りを口にする贅沢《ぜいたく》品である。

「ルディに、どうだろう?」

睡魔《すいま》に負けて寝室《しんしつ》で休んでしまったが、花を口にできるのなら、それも悪くないだろう。

『そうですね』

それはいい考えだと、セルバンティスは微笑みながら頷いた。

月下美人の艶《あで》やかな花はトールキンス侯爵が言ったとおり、二時間半も経《た》つ頃《ころ》には元気をなくし始めた。

「何の匂いだ？」

月が高く上る頃、勝手に天窓を開けて侵入《しんにゅう》したレオニールは、温室に満ちた嗅《か》ぎ慣れない強い匂いに眉《まゆ》を顰《ひそ》める。

『こんばんは、レオン隊長』

厨房《ちゅうぼう》から戻《もど》ってきたセルバンティスは、にこやかにレオニールを迎《むか》える。

『さっきまで、こちらに月下美人の花があったんです』

「もう片付けてしまったがな」

呼んでもいないのに、予告もなく深夜に軍服姿で堂々と塀《へい》を飛び越《こ》えて屋根から訪問する男に、伯爵はうんざりした顔を向ける。

「貴様はいつも遅《おそ》い」

「いや、今ぐらいでちょうどいい。俺の月下美人は、今宵《こよい》もちゃんと咲《さ》いている」

つかつかと歩み寄ったレオニールは、きょとんとする伯爵の手から、本を取り上げる。

「おい、こらっ！」

何をするかと睨《にら》みつける伯爵を、レオニールは澄《す》ました顔で抱き上げた。

「なっ⁉　無礼者っ！」

「行くぞ」

驚《おどろ》いた伯爵は下ろせ放せと暴れるが、鍛《きた》え上げた鉄のような腕《うで》は、びくともしない。

『お休みの仕度《したく》をして、お部屋でお待ちいたします』

有無《うむ》を言わせぬ勢いでレオニールに連れ去られる伯爵を、セルバンティスは恭《うやうや》しくお辞儀《じぎ》して見送った。


飛ぶように闇を駆《か》け、レオニールが伯爵を連れてきたのは、都に建った新しい鐘楼《しょうろう》だ。


「まだ近くで見ていなかっただろう？」

「それは、そうだが……」

鐘楼の鐘《かね》の鳴らし初《ぞ》めの式典には、弟伯爵が出席した。怪我《けが》で療養休暇《りょうようきゅうか》中のレオニールも、式典の警備には参加できなかった。

鐘楼そのものは、宮廷《きゅうてい》建築家が図面を引いた建物なので、屋外で行われた式典でなく、こうして中に入るのならば、伯爵が訪《おとず》れても怪物《かいぶつ》を招き寄せる虞《おそ》れはない。

問題は。

「もうすぐ午前零時《れいじ》ではないか！」

「あぁ」

鐘楼の中、零《こぼ》れた月明かりを金の髪《かみ》に浴びながら憤《いきどお》る伯爵に、レオニールはにやりと笑う。

「だから連れてきた」

「馬鹿《ばか》者！」

午前零時には鐘が鳴る。

機械仕《じ》掛《か》けで時間毎に自動的に鐘が鳴るようにしているところもあるが、都では毎日天文学者が星の位置を見て正確な時間を算出し、鐘を鳴らす。本当に正しい時間は、機械では刻めないのだ。秒単位で毎日少しずつずれる時計は、鐘の音によって修正される。

この鐘楼が完成してから、伯爵は毎日、この鐘の音を聞いている。王宮の時計塔《とう》の鐘とまったく同時に、鐘楼の鐘は鳴る。

「安心しろ。ここには俺とお前の二人だけだ」

「安心の意味がわからぬわ！」

「他《ほか》には誰《だれ》も来ない」

レオニールは断言する。

「人目を気にするのは、貴様だけだ！」

弟伯爵は都入りしている。見られたところで、伯爵に不都合はない。夜中にひょこひょこ出歩いていることがばれると困るのは、怪我で療養休暇中で、怪《あや》しげな監視《かんし》までついているレオニールだけだ。

（……監視の目がなくなるのを待っていたから、今になったのか？）
そして伯爵は、気づく。
（鐘を鳴らす綱《つな》が、ない……？）

王宮の時計塔の時計の針がゆっくりと重なり、午前零時を刻む。

ゴーン……。

時計塔の厳《おごそ》かな鐘の音が、夜の都に響《ひび》き渡る。

「鳴るぞ」
レオニールは鐘楼の鐘を見上げる。伯爵も、鐘楼の鐘を見上げる。
（鳴らす者がいないのに）

……ンン……。

「――――え？」

鐘楼の鐘は細かく震《ふる》えはじめ……、王宮の時計塔の鐘と、響きを重ねる。

「そうか、共鳴か……！」

伯爵は同じく鳴り響く二つの鐘を理解する。

名工による二つの鐘は、まったく同じ固有振動数《しんどう》を持ち、共鳴しあうのだ。よって、王宮から遠く離《はな》れた鐘楼の鐘に、鳴らし手は存在しない。

離れていても、お互《たが》いを感じている――。

ゴーン……。

身体《からだ》に響く鐘の音を、レオニールと伯爵は感じる。

「――血に、響くな……」

「無駄《むだ》に余らせてるからだろう」

呆《あき》れ顔を向ける伯爵ににやりと笑い、伯爵の白い手を取ったレオニールは、静かにその場に跪《ひざまず》く。

「鐘の音を聞きながら、わたしに忠誠を誓《ちか》うのか？」

邪気《じゃき》を祓《はら》う、神聖な鐘の音。禁忌《きんき》の儀式《ぎしき》で繋《つな》がる、呪《のろ》わしい身の二人――。

挑《いど》むような菫色《すみれいろ》の瞳《ひとみ》を、レオニールは青の瞳で見上げる。

「我が主《あるじ》の意のままに」

握《にぎ》られた手を引き寄せられ、伯爵とレオニールの影《かげ》がひとつに重なった。


厳かな鐘の音が、夜の都に響き渡る。


倉庫街にこっそりと設けられたハニーデュークの診療所《しんりょうじょ》にも、鐘の音は届く。

闇《やみ》に光るのは無数の小さな赤い瞳。真っ暗な診察室《しんさつしつ》の床《ゆか》に横たわっているのは、瞬《また》くことなく光を失った赤、の残骸《ざんがい》。

「僕としたことが、油断しちゃったなぁ」

肩《かた》を竦《すく》め、ハニーデュークはレミングたちに捜《さが》し出させた『それ』を、そっと袋《ふくろ》に詰《つ》める。

（嚙《か》み方がどれも同じ。明らかに同じ猫《ねこ》に殺《や》られてる。外に連れ去られてから、遊び殺されたね）

捕《つか》まえた獲物《えもの》で遊ぶのは、猫として普通《ふつう》だが、それはたいていどこかに運び去られるものだ。自慢《じまん》げに見せたり、捕獲《ほかく》物として供したり。近くで見つかったということは、飼い主が近くにいたのか。

隠《かく》されていたものを食い散らかしたのは、きっとドブネズミか野良犬《のらいぬ》。捜すのがもう少し遅《おく》れていたら、きっと残骸も見つからなかった。

レミングは繁殖力《はんしょく》の強い動物だし、日常的に猫にやられたりしているので、見覚えのあるものが何匹《びき》か減っても、ハニーデュークはいちいち気にしない。この診療所にも留守番に、何匹かレミングを放していたが、特に異状も感じなかったので、確認を怠《おこた》っていた。

異状を察知できなかったのは、この診療所に目をつけた相手が巧妙《こうみょう》だったからだ。これはてもよくない。

(セルバンくんの義手の設計図……、見られた跡《あと》がある)

投げ入れるように雑多に書類が入れられた、引き出しキャビネット。何の疑問もなく普通に過ごしていれば、きっとわからなかっただろう。疑心暗鬼《ぎしんあんき》に陥ってさんざん眺《なが》めて、ようやく微《かす》かな痕跡《こんせき》を発見できた。

「本当、この僕に対して、いい度胸だよ」

診療所に忍《しの》びこみ、大事な書類を盗《ぬす》み見て、自慢の芸術作品である義手を破壊《はかい》して。

装甲《そうこう》の一番脆《もろ》い部分を狙《ねら》い撃《う》ったかのような、セルバンティスの義手の破壊痕《こん》。偶然《ぐうぜん》そこに弾《たま》が当たって、義手がばらばらに砕《くだ》け散ったなんて、ハニーデュークは信じない。

「挑戦《ちょうせん》なら、受けて立とうじゃないか」

まったく、気に入らない。

ハニーデュークは近くにあったワインの瓶《びん》を掴《つか》み、机の角に当てて叩《たた》き割る。

飛び散った赤い酒が、血のように床を濡《ぬ》らした。アルコールの強い香《かお》りが、むっとするほど強烈《きょうれつ》に診察室の空気を侵食《しんしょく》する。酒に弱い者ならば、室内に踏《ふ》み込んで息を吸っただけで酩酊《めいてい》して、感覚器官が狂《くる》ってしまいそうだ。アルコール浸《づ》けの標本は、こんな空間に身を置いているのかもしれない。

「ねぇ、今度来たらさ……」

酒の香りに満たされた診察室で、暗がりに集《つど》うレミングの赤い瞳の輝《かがや》きを見つめながら、にいっとハニーデュークは笑う。

「生かして帰すんじゃないよ？」

それは、猫だろうと、人間だろうと。

午前零時をゆっくりと告げる鐘《かね》の音が鳴り終わる頃《ころ》、ハニーデュークはベルナルド伯爵の屋敷に戻《もど》った。

『お帰りなさいませ、ハニーデューク先生』

「ただいま、セルバンくん」

伯爵のために温室に運んだ、お菓子《かし》や軽食と飲み物のワゴンを片付けるセルバンティスを見て、ハニーデュークはちょっと考える。

「セルバンくん、明日はシュタインベック先生のところで、たっぷりと精密検査してもらってね。新しい義手は、検査の結果を見てからつけてあげる」

（あれから注意して観察していたけれど、あの毒の影響《えいきょう》はないようだね……）

マーゴットがセルバンティスの洗濯物《せんたくもの》から見つけた薬。毒薬。具合を悪くした瞬間《しゅんかん》を見てい

ないので、ハニーデュークにはセルバンティスがあの薬を服用していたのかどうかわからない。

だが、後に残らない毒……というのも、それはそれで、恐《おそ》ろしい気がする。

「精密検査の後は、結果がわかるまで、今つけてる義手は、つけちゃダメだからね」

『はい、わかりました』

「不便だろうけど、少しの辛抱《しんぼう》だからさ」

『はい。――――何か、お夜食をお持ちいたしましょうか?』

ハニーデュークは酒の肴《さかな》が少し欲しい気分だったが、予備の義手のセルバンティスは、あまり細かい動作ができない。これから厨房《ちゅうぼう》で何か仕度《したく》させるのは、かなりの手間だろう。

「……そうだな。じゃあ、遠慮《えんりょ》なく」

ハニーデュークは伯爵のために仕度された軽食とお菓子の載った銀盆《ぼん》を、ワゴンからひょいと攫《さら》う。

「環境《かんきょう》の為《ため》に♡ 僕って、偉《えら》いねぇ」

このお屋敷では、残り物も御馳走《ごちそう》だ。

『ありがとうございます』

廃棄《はいき》されるものならば、ゴミにしないよう、あえて自分が一肌脱《ひとはだぬ》ごうという、尊い精神のハニーデュークに微笑《ほほえ》んでから、セルバンティスはふと思い出す。

『ハニーデューク先生は……、手や足とかの、失った身体の一部を復活させる技術については、どのくらいご存じですか?』

正体不明の酔《よ》っ払《ぱら》いで、身体のパーツコレクターで、高所好きで血が苦手。どうにも胡散臭《うさんくさ》いが、ハニーデュークは医者としてかなり優秀《ゆうしゅう》だ。しかしこれは、専門外の知識だろうか。

尋《たず》ねられ、ハニーデュークは銀盆を捧《ささ》げてきょとんとする。

「はい？　失った身体を元に戻すって……。そんなことできるわけないでしょ」

『え……？』

目を瞬くセルバンティスに、くすくすとハニーデュークは笑う。

「僕の作る義手や義足でさえ、神の領域を侵《おか》すものなんだよ？　一度失われてしまったものは、二度と元に戻らない。だからこそ、僕のコレクションにも価値があるんじゃないか」

第二楽輪　花のある食卓

ベルナルド伯爵《はくしゃく》は、朝に弱い。起こされなければ、いつまでも寝《ね》ているし、低血圧の傾向《けいこう》があるので、寝起きもあまりよろしくない。伯爵を起こすのは、幼い頃から伯爵に仕えている、献身《けんしん》的で優《やさ》しい兄のような執事《しつじ》の仕事だ。――他《ほか》にそれを希望する者がいなければ。

「おはよう、セルバン！」

胸にバラの花を挿《さ》して伯爵の寝室《しんしつ》に洗顔用の水とタオルを運ぶセルバンティスに、晴れやかに声を掛《か》けて弟伯爵が駆《か》け寄る。

『おはようございます、ルディ様』

「昨夜は寝ちゃって、ごめんなさい。兄上、気を悪くなさらなかったかな」

『えぇ。ご心配なさらなくても大丈夫《だいじょうぶ》ですよ』

不安そうな目で見つめる弟伯爵に、にっこりとセルバンティスは微笑む。

弟伯爵を寝室で休ませるよう、ランディオールに命じたのは伯爵だ。

「兄上をお起こししてもいい？」

『はい』

にこやかに頷《うなず》いたセルバンティスは、胸に挿していたバラを弟伯爵に渡《わた》し、伯爵の寝室の扉《とびら》をノックする。

『おはようございます、坊《ぼっ》ちゃま』

静かに扉を開いたセルバンティスは、部屋の温度が下がっていないことを確認し、弟伯爵を伯爵の寝室に入れる。真っ暗な部屋を慣れた様子で進み、水差しとタオルを置いたセルバンティスは、静かにカーテンを開き、窓を開けて室内に爽《さわ》やかな風と光を入れた。

上掛《うわが》けからちょこんと覗《のぞ》いた金色の髪《かみ》が、窓から射《さ》しこむ光を浴びて、きらきらと輝き揺《ゆ》れる。時として大人顔負けの大胆《だいたん》な活躍《かつやく》を見せる少年伯爵だが、見目麗《みめうるわ》しい寝顔《ねがお》は年齢《ねんれい》より幼くあどけない。

「兄上、おはようございます」

天蓋《てんがい》付きの寝台《しんだい》に近づいて、驚《おどろ》かさないよう眠《ねむ》る兄伯爵に呼びかけた弟伯爵は、手に持ったバラの花を、そっと兄伯爵の唇《くちびる》に近づける。

ベルナルド伯爵様（兄）のお目覚めは、朝露《あさつゆ》に濡れた真紅《しんく》のバラの花との口づけで。

貴族の血の奥に潜《ひそ》む負の遺産により、求血鬼《きゅうけつき》と化した兄伯爵は、温かい血の足りないときには無意識のうちに周囲に存在するものからエネルギーを奪《うば》う。伯爵が触《ふ》れただけで、小鳥のように小さな生き物は息絶えてしまうし、花は枯《か》れる。どんな時でも伯爵に触れられるのは、セルバンティスの血の通わない鋼鉄の義手だけだ。

瑞々《みずみず》しさを失わないバラの花で、兄に普通《ふつう》に触れていいことを確認《かくにん》した弟伯爵は、ほっと頬《ほお》を綻《ほころ》ばす。

「朝ですよー、兄上」

「……ん……」

ゆっくりと目を開いた伯爵は、間近で覗きこんでいる弟伯爵の顔を見て、ほんわりと幸せそうに微笑む。

(ルディだー……)

大切で可愛《かわい》い弟。素直《すなお》で優しい弟が、伯爵は大好きだ。

にゅっと寝台から突《つ》き出された細い腕《うで》が、弟伯爵を捕《と》らえる。

「わ」

ぽす。

添《そ》い寝のクマかウサギのヌイグルミのように抱《だ》きこまれて、弟伯爵は寝台にダイブする。

弟伯爵をぎゅーっとして、満足そうに目を閉じた伯爵は、ほっぺすりすり。

「くすぐったいです、兄上〜」

すべすべつやつやの頬を擦《す》り寄せられ、くすくす笑っていた弟伯爵は、ひっぱりこまれた寝台の、ほどよく温まった気持ち良さに、とろんとなる。

『坊ちゃま、ルディ様、起きましょうね』

二つに増えた金色の頭を優しく撫《な》で撫でして、セルバンティスは二人を一度に抱き起こす。

上半身を起こされたことで、ぱちっと目を開けた弟伯爵は、一瞬記憶《いっしゅんきおく》が飛んでいたらしく、ぼーっとしている兄伯爵と仲良く抱き合いながら、きょとんと瞬《まばた》きした。

「起こしに行って、一緒《いっしょ》に寝てどうするんですか」

いったい何をしに行ったのかわからない。

ランディオールは呆《あき》れ顔で、弟伯爵の頭に新しくついた寝癖《ねぐせ》にブラシを当てる。

「だぁって……」

弟伯爵は拗《す》ねて口を尖《とが》らせる。

あんなに幸せそうな顔で微笑まれ、柔《やわ》らかいぬくぬくの寝台で、ぎゅーっとされてほっぺすりすりされてしまったら、ふわふわとろんとならないほうがどうかしている。

「二度寝は、気持ちいいものね～」

徹夜《てつや》で酒を飲んでいたらしいハニーデュークが、セルバンティスに連れられた伯爵と一緒に食堂に入ってきて、くすくすと笑った。

ソファーで弟伯爵の髪を整え直しているランディオールに、ミリアムに食堂へと朝食のワゴンを運ばせながら、マーゴットは笑う。

「ルディ様は、昨日こちらにいらした疲《つか》れが残ってらしたのですよ。さ、お仕度《したく》ができましたら、テーブルにどうぞ」

「マギ、朝食のハムは――」

「はい。ルディ様がお持ちになった、生ハムでございますよ。早速《さっそく》、切りわけさせていただきました」

体力を使うと、ベルナルド伯爵は温かい血を消費する。人目につかないよう、闇《やみ》に乗じて空から移動する伯爵は、冷たい夜風に身を晒《さら》すことになるので、特に用事がない限り王都の屋敷《やしき》を動かない。豊かに物が集まる王都では、何かに不足して困ることはないのだが、領主としての公務で領地と王都を往復している弟伯爵は、兄の為《ため》に領地からこまめに食料品を運ぶことにしている。

「メロンも、大変よい出来《でき》でございますね」

「どちらも今期の自信作です。兄上も気に入られると思いますよ」

にこにこと微笑《ほほえ》みながら、弟伯爵は先に席に着いていた伯爵に言ったが、まだ半分頭の中が眠っている伯爵は、ぼーっとしながらセルバンティスにナプキンをつけてもらっていた。金色の長い睫毛《まつげ》を伏《ふ》せがちにしたままカトラリーを握《にぎ》り、伯爵は朝食を始める。

「ハニーデューク先生は、朝食はいかがされますか？」

マーゴットに尋《たず》ねられ、手酌《てじゃく》で朝のワインを楽しんでいたハニーデュークは考える。

「そうだねぇ。フルーツだけいただこうかな」

「かしこまりました」

マーゴットに命じられ、ミリアムがカットフルーツを取り分ける。いくら不器用なミリアムでも、これは失敗しないだろうと思ったのだが、皿に盛られたフルーツは、形を崩《くず》したフルーツカクテルと化していた。

食卓《しょくたく》にはふわふわに焼き上げたパンケーキにハチミツとメープルシロップをたっぷりかけたものや、カスタードとフルーツのコンポート等も並べられていたが、伯爵は迷うことなく生ハムとメロンを最初に口に運んだ。ふわっと伯爵の顔が綻ぶのを見て、弟伯爵はランディオールと顔を見合わせて微笑む。

「兄上、パンケーキも召《め》し上がってください。そのハチミツも、昨日持ってきた物なんです」

「今年は天候が安定していましたから、ハチミツの収穫《しゅうかく》量も多かったようです」

弟伯爵とランディオールの言葉に、上品に朝食をとっていた伯爵は、ゆっくりと瞬きして口を開く。

「……ゆき……」

ぽつりと漏《も》らした伯爵の声に、ランディオールからホットビスケットを貰《もら》った弟伯爵はきょとんと首を傾《かし》げる。伯爵のミルクにハチミツを落として甘くし、飲み頃《ごろ》に冷ましながら、セルバンティスは弟伯爵に微笑む。

『果実が豊作で、ハチミツの収穫量が多かった年は、冬の寒さが厳しいようです。今年の冬は雪が多くなりそうですね。領民たちにそのことを伝えて、しっかりと雪に備えさせなくてはいけないでしょう』

伯爵の影武者《かげむしゃ》として、同じ物を与《あた》えられ、同じことができるように育てられていた弟伯爵だが、領地で暮らしていたわけではない。がんばって領主の仕事をしていても、経験がないために、わからないことは多い。

セルバンティスに通訳（?）してもらって、弟伯爵は伯爵の言葉の意味を理解する。

「はい」

（さすが、兄上）

金色の髪に降り注ぐ朝日にも負けないキラキラで、尊敬の眼差《まなざ》しを送る弟伯爵の視線に気づいて、伯爵がにこりと微笑《くず》む。はにかみながら、弟伯爵が微笑み返す。窓から入りこんだ愛らしい小鳥が、パンケーキの屑を求めて伯爵の周りを舞《ま》い遊ぶ。セルバンティスは慣れた手つきで、一緒に朝御飯《あさごはん》して伯爵の肩《かた》に乗ろうとする悪戯《いたずら》な小鳥たちを、そっと追い払《はら》う。

麗《うるわ》しい双子《ふたご》の伯爵の、優雅《ゆうが》で素敵《すてき》な朝食タイム。

（うーん、眼福♡　今日もいい夢が見られそうだな～）

これからゆっくり朝寝《あさね》するハニーデュークは、伯爵たちを愛《め》でながら、フルーツをつまみワインを味わう。

ぼーっと見惚《みと》れていたミリアムの手元、カットフルーツのトレイから小鳥がサクランボを銜《くわ》えて逃《に》げた。サモワールで食後のお茶のためのお湯を沸《わ》かしていたマーゴットは、サクランボを銜えて飛んでいく小鳥を目撃《もくげき》し、次々に盗《ぬす》まれるフルーツに気づく。

「ミリ！　カバーを！」

マーゴットの声で、小鳥の餌場《えさば》になろうとしているトレイに慌《あわ》てたミリアムは、フードカバーを被《かぶ》せようとして、それをトレイに落っことした。小鳥は悠々《ゆうゆう》と果物を奪取《だっしゅ》し、マーゴットの振《ふ》るナプキンに追い払われる。

トレイに落下したフードカバーの、ぐわわんという音に、伯爵たちはびっくりしたが、相変わらずのミリアムの失敗だとわかると、顔を見合わせて、くすっと笑う。

少々の騒音《そうおん》はあっても、和《なご》やかできらきらしい、ベルナルド伯爵邸の朝食タイム。

「兄上、こちらも美味《おい》しいですよ」

「ん」

フォークに刺《さ》して弟伯爵が差し出したりんごのコンポートを、伯爵がぱくり。

伯爵たちは顔を見合わせて、にっこり♡

『坊《ぼっ》ちゃま、お口の周りが』

「ん」

ナプキンを差し出したセルバンティスは、そっと伯爵の口許《くちもと》を拭《ぬぐ》う。

伯爵邸の庭で飼っている猟犬《りょうけん》が、けたたましい声で吠《ほ》えた。

両開きの食堂の扉《とびら》が、ばーんと大きく開け放たれ、バラの花が大量投下される。

「ベルちゅわーん、ルディちゅわーん！」

　バラを振り撒《ま》き、叫《さけ》びながら突進《とっしん》してくる大柄《おおがら》な人影《ひとかげ》に、きらきらほんわかと和みあっていた伯爵たちは、ぎくりと背を震《ふる》わせた。食堂じゅうに響《ひび》きわたる大声に、小鳥たちが驚《おどろ》いてばたばたと逃げ惑《まど》う。

　舞い落ちるバラの花と羽毛《うもう》を浴びて、伯爵のこめかみに、ぴきっと青筋が浮《う》く。

「爺《じじい》！　朝っぱらから、喧《やかま》しいっ！」

「お祖父《じい》様！　無駄《むだ》に兄上を興奮させないでくださいっ！」

　伯爵は怒鳴《どな》り、弟伯爵はトールキンス侯爵へ懇願《こんがん》する。温かい血の無駄遣《むだづか》いだ。

「今日も可愛《かわい》いよぉ～ん♡」

　トールキンス侯爵は孫たちの機嫌《きげん》などお構いなしで、二人を抱《だ》き締《し》め、両手に花状態で満足そうに笑《え》み崩れる。


　爽《さわ》やかで麗しい優雅な朝食タイム、見事に崩壊《ほうかい》☆

　伯爵の周りで舞い遊んでいた小鳥たちは、窓の外へと逃げた。孫たちを抱擁《ほうよう》するトールキンス侯爵に突進され、今もがたがたと揺《ゆ》れ続ける食卓の近くに立ったセルバンティスとランディオールは、素早《すばや》く避難《ひなん》させたミルクのカップと朝食の皿を器用に持っている。

　愛でていた伯爵たちから静かに目を逸《そ》らして、ハニーデュークはワインのグラスを傾《かたむ》ける。

（――――見目麗《みめうるわ》しい孫たちの存在が、罪なんだねぇ……）

乱入するトールキンス侯爵が悪いという考えは、侯爵家所蔵のワインを美味しくいただいているハニーデュークの頭脳の削除項目《さくじょこうもく》であるらしい。

がっちりと抱き寄せて、すーりすーりと頬擦《ほおず》りし、じたばた暴れる麗しの孫たちを、トールキンス侯爵は堪能《たんのう》する。

「今日も元気がいいのぅ♡」

「放せ！　苦しい！　髭《ひげ》がむさ苦しいっ！」

「お、お祖父様、僕の首、首が、絞《し》まって、ます……っ！」

騒々《そうぞう》しいこれもまた、ベルナルド伯爵邸では、よく見られる朝の一時《ひととき》。

ジョシュア王子の朝は、王宮の散歩から始まる。

長い金色の髪《かみ》を無造作に束ね、美しい花々の咲《さ》き乱れる中庭を静かに歩いたジョシュア王子は、バラ園に置かれた瀟洒《しょうしゃ》なベンチの近くで、そっと足を止める。

バラ園のベンチに腰《こし》掛けていたのは、王妃《おうひ》プリムロッテだ。結《ゆ》い上げた金色の髪を朝の柔《やわ》らかな光に輝《かがや》かせている、美姫の誉《ほま》れ高い母にジョシュア王子は一輪のバラの花を摘《つ》む。

気配を感じて、王妃プリムロッテがジョシュア王子に顔を向け、花が綻《ほころ》ぶように微笑む。

「まぁ。妖精《ようせい》だわ」

幼女のように無邪気《むじゃき》な笑顔にジョシュア王子は静かに微笑み、跪《ひざまず》いてバラの花を差し出す。

「おはようございます」

「おはよう、妖精さん。今日も素敵な朝ね」

にこにこと微笑んで、王妃プリムロッテはジョシュア王子からバラの花を受け取る。

「いい香《かお》り。ありがとう、妖精さん」

「今日もあなたに幸運が訪《おとず》れますように」

ジョシュア王子が祈《いの》りの言葉を捧《ささ》げている場に、国王ストロハイムが足を運んだ。

「王様」

微笑《ほほえ》む王妃プリムロッテの白い手に、国王ストロハイムはキスを贈《おく》る。

「エリスが探していた。朝食の仕度《したく》ができているよ」

「はい」

優雅にドレスを揺らし、王妃プリムロッテはベンチから腰《こし》を上げる。

顔を向けた国王ストロハイムに、腰を上げたジョシュア王子は静かにお辞儀《じぎ》した。ジョシュア王子に頷《うなず》き返した国王ストロハイムに、王妃プリムロッテは小首を傾げる。

「王様?　まいりましょう」

「あぁ……」

王妃に促《うなが》されて、国王は王妃と二人、王子に背を向ける。

まるでそこに、王子などいないように。

王子が存在することも知らない。ジョシュア王子のことだけ、認識《にんしき》することができない。

王妃プリムロッテは、自分が王子を産んだことを覚えていない。自分の暮らしている王宮に、
それは、王宮に勤めている者たち皆《みな》が知っている、公然の秘密。

（母上の目に、わたしの姿は映らない――――）

国王と楽しげに話しながら歩いてゆく王妃を、バラ園に佇《たたず》んで王子は見送る。

（母上……）


王家に生まれた子供には、一人一人に乳母《うば》と教育係がつく。王妃が自分の手で王子を育てることは、これまでの慣習からもなかったので、生まれた王子を王妃が抱くことがなくとも、食事を一緒《いっしょ》にとることがなくとも、何の不思議もなかったのだが。

「王子様、王妃様は、悪い魔《ま》法使《ほうつか》いに魔法をかけられてしまったのですよ」

物心つきはじめた頃《ころ》、乳母のリザベートは幼いジョシュア王子に、優《やさ》しい声でそう教えた。

王妃プリムロッテの世界に、ジョシュア王子は存在しない。

何人かで王妃の目の前にいても、ジョシュア王子一人だけが認識してもらえない。しかし、ジョシュア王子のことを除けば、王妃の言動に、何ら奇異《きい》な点はない。異様な光景に、取り替《か》え子疑惑《ぎわく》までも、実《まこと》しやかに持ち上がったが、ジョシュア王子は王妃プリムロッテと生き写しの美貌《びぼう》だ。母子の血縁《けつえん》関係を疑うことこそ、愚《おろ》かしい。

これは何か妙《みょう》なことになっていると、国王ストロハイムは極秘《ごくひ》に手を尽《つ》くしたが、どんな優《ゆう》秀《しゅう》な医者が何をしても、王妃プリムロッテの状態はまったく変わらなかった。王宮に仕える上級官吏《かんり》たちは知恵《ちえ》を集めて話し合った後、王妃が普通《ふつう》ではないことを伏《ふ》せるよう、国王ストロハイムに進言した。以降、王妃のいる場所で、王子の話をすることは禁じられた。王妃の状態を知らない貴族たちに向けて、王子のことを話題にしないようにと求められた配慮《はいりょ》は、王妃プリムロッテとジョシュア王子のあいだに何らかの確執《かくしつ》があるのだろうと、受け取られた。

(母上にとっては、わたしがわたしでなければ、よいのか)

唯一《ゆいいつ》、王子が王妃に自分の存在を感じてもらえるのは、朝露《あさつゆ》に輝く庭園の中だけ。人ならざるものとして、ただ一人、王妃にしか見えない不思議のモノとして、受け入れてもらえる。

初めて母から笑みを向けられたとき、ジョシュア王子は心の内で歓喜《かんき》した。そして、本当の意味で自分を見てもらえたのではないことを悟《さと》り、落胆《らくたん》した。妖精として認識されても、その記憶《きおく》は王妃に残らない。さらさらと指のあいだを零《こぼ》れ落ちる砂のように、忘れられてゆく。出会っては、忘れられる。不毛な行為《こうい》だとわかっていても、ジョシュア王子は毎朝、目覚める度に、王宮のどこかにいる王妃の姿を探さずにはいられない。

妖精さんと呼ばれ、王妃プリムロッテに笑みを向けられ、花を受け取ってもらえても、自分が王妃にどんな姿で見えているのか、ジョシュア王子にはわからない。古くからの伝承で、妖精は一度に多人数に目撃《もくげき》されるものではないとされているから、誰《だれ》か他《ほか》の者が現れると、ジョシュア王子である妖精の姿は王妃の目に見えなくなる。

（わたしは、どこにいるのだろう……）

ジョシュア王子がいなくても、王妃プリムロッテの日常は、何の支障もなく過ぎて行く。人、一人の存在は、たとえ王子であろうとも、とても脆弱《ぜいじゃく》だ。抜《ぬ》けた場所は誰かが埋《う》めるし、いなくてもなんとかなってしまう。

（この世界に、欠くことのできない存在に、わたしはなれるのだろうか）

次期国王たる王子。ただ一人の王子。だがそれも、いないとなれば、誰かが国王となって、玉座を埋めるだろう。今この国では国王は世襲《せしゅう》制となっているが、統治者として高い能力を所持していれば、誰でも国王としての公務をこなせる。高貴な者の証《あかし》として王家の血が尊重されているが、国の統治者としての国王は、必ずしも王子でなくともいいはずだ。

（誰がわたしを求めてくれる？）

唯一絶対の、代わりのいない存在として。王子という肩書《かたが》きでなく、何の力も持たない一個人としてのジョシュア王子を必要としてくれる者は――――？

「おはようございます、ジョシュア王子様」

「おはよう、アンドリュー」

本日の給仕を務める育ちの良さそうな青年は、恭《うやうや》しくお辞儀し、ワゴンで運んだ王子の朝食を手際《てぎわ》よく卓《たく》に仕度し、退出する。

美しい花の咲き乱れる温室で、爽やかな朝の光を浴びながら、ジョシュア王子は朝食をとる。玻璃《はり》の壁《かべ》の奥で花に囲まれ、金色の髪で朝の光を弾《はじ》く王子の姿は、溜《た》め息が出るほどに優雅《ゆうが》で麗《うるわ》しい。日々美しく凛々《りり》しく利発に成長していく王子に、王宮の者たちは惜《お》しみない賛辞を送り、健《すこ》やかにとの祈りを捧げる。

しかし、華《はな》やかに見えるその食卓に仕度されている椅子《いす》は、いつも一脚《きゃく》しかない。

第三楽輪　秘密の花

優雅で幸せな朝食の卓を、途中《とちゅう》から騒々《そうぞう》しく変えたトールキンス侯爵は、麗しい孫たちを好きなだけ堪能《たんのう》すると、嵐《あらし》のように立ち去った。

とても疲《つか》れる朝食を終えた伯爵たちは、書斎《しょさい》に移動する。

領地のことを記載《きさい》したノートを広げ、相談しようとする弟伯爵を、伯爵は先にソファーに座るように呼んだ。仲良く並んで腰掛けて、伯爵は一抱《ひとかか》えもある厚いフェルトに包んだ物を弟伯爵に渡《わた》す。

「これは？」

「ルディ、お前に」

優しく微笑む兄に見守られながら、弟伯爵はフェルトの包みを開く。

厚いフェルトに包まれて保護されていたのは、密閉されたガラス器の中で、氷詰《づ》めにされた月下美人《げっかびじん》の花だ。

「これ……！」

驚《おどろ》いて目を瞠《みは》る弟伯爵に、伯爵は微笑む。

「咲《さ》き終わらないうちに、氷詰めにした」

生気や熱を奪《うば》う、求血鬼の能力ならば、瞬時《しゅんじ》にして水を凍《こお》らせ、花氷を作ることも造作もない。

「こうすれば、お前も見られると思って。これでは残念ながら、香《かお》りは嗅《か》げないが」

照れたようにほんのりと頬《ほお》を染めている兄に、弟伯爵は感激して胸を熱くする。

（僕の、為《ため》に……！）

まさか、こんな方法で花が見られるなんて、予想もしていなかった。

（兄上は、御自分《ごじぶん》の力を『呪《のろ》わしい』と、恥《は》じておられるのに――！）

人ならざる身になっても、こんなにも優しく、力を用いることができるなんて。冷たく凍《い》てついた花は、しかし、たとえようもなく優しくて、弟伯爵は泣きそうになる。

「ルディ、この花は、食べられるそうだ。咲いていた時に花を見られなかったから、これはお前に」

言われて、びっくりして弟伯爵は顔を上げる。

「でもこれは、兄上がお祖父《じい》様からもらわれたものです。僕が花を見られなかったのは、眠《ねむ》ってしまったからで、僕が悪いんです……！」

「それでも、わたしはルディにこれを受け取って欲しい。駄目《だめ》かな？」

困り顔の伯爵に、弟伯爵も困る。

「駄目というわけではないですが……。あ！　ではこうしましょう！　二人で半分こ！」

「でもそれでは……。ルディは咲いた花の香りを楽しんでいないのだし」

「いーやーです☆　半分こ！　兄上も召《め》し上がるのでなければ、僕はいただきません！」

月下美人の花氷をしっかりとフェルトに包んで卓に置き、弟伯爵は兄の両手を握《にぎ》る。

「ね？　いいでしょう？　兄上。僕と兄上は、二人で『ベルナルド伯爵』なんですから」

「うーん……」

「あーにーうーえ〜〜〜」


ソファーで二人並んで座り、向かい合って手を握り合っている伯爵たちに、書斎を訪《おとず》れたランディオールは、こほんと咳払《せきばら》いする。

「楽器店から、王立交響楽団《こうきょうがくだん》の新譜《しんぷ》が入荷したという、葉書《はがき》が来ております」

孫たちを心行くまで愛《め》でたトールキンス侯爵は、これからシガークラブの会合があるからと、嵐のように去っていった。トールキンス侯爵を見送り、ちょうど入れ替わるように屋敷《やしき》を訪れた配達員から、ランディオールは郵便物を受け取ったのだ。

セルバンティスは精密検査のため、シュタインベック医師の診察室《しんさつ》に行っていて、ここにいない。

音楽の好きなベルナルド伯爵（兄）は、レコードのコレクションも多い。入荷のお知らせが郵送された新譜も、予約していたものだ。貴族が自分の領地から予約した商品は、入荷と同時に領地へと発送されるが、都で予約したものは、入荷を知らせてからおよそ三日後に出入りの業者が都の屋敷に配達することになっている。公務で都と自分の領地を往復している貴族は商品の入荷時に都の屋敷にいるかどうかわからない。主人が都にいないときには、都の屋敷に残っている使用人が案内の葉書を見て、屋敷に届けられる前に店に出向き、領地に配送する手続きをすることになっている。

弟伯爵は蓋《ふた》を閉じた月下美人のバスケットを横に置き、目を輝《かがや》かせて伯爵に言う。

「受け取りに行ってもらいましょう、兄上！」

今から行ってもらえば、今日のお茶の時間には、そのレコードを聴《き》くことができる。吸血鬼化したことで、立場を逆転するように弟に爵位《しゃくい》を譲《ゆず》り、日陰《ひかげ》の身となって隠遁《いんとん》生活を送っている伯爵は、以前のように演奏会に足を運ぶことができない。新曲の演奏を聴くことができるのは、レコードに録音されたものだけだ。

大喜びで頷《うなず》いてくれるかと思ったのだが。

「そう、だな……」

思案する様子の伯爵に、弟伯爵は目を瞬《またた》く。

「兄上?」

(……何か、お気に障《さわ》ることがあったのかな……)

(こういうのって、貴族らしくない!?)

配達を待たずに、商品を受け取りにいくなんて――――。

気を回してだんだん泣きそうな顔になっていく弟伯爵に、伯爵は苦笑《くしょう》する。

「あぁ、悪い、違《ちが》うんだ」

伯爵は優《やさ》しく弟伯爵の頰を撫《な》で、今にも泣きだしそうな目元にキスする。

「どうせなら、ついでにわたしも外出しようかと思って」

「え？」

「駄目、かな……」

吸血鬼化したベルナルド伯爵には、都に出没《しゅつぼつ》する怪物《かいぶつ》を呼び寄せてしまう困った性質があるので、外出には制約がある。

寂《さび》しそうな様子で少し身を引いた伯爵の手を、弟伯爵は両手で握った。

「いえ！　そんなことありません！」

「ルディ様は、ちょっと驚かれただけですよね」

真剣《しんけん》な様子の弟伯爵を見て、くすくすとランディオールは笑う。

「オーサ様にお話ししてきます」

「出掛《でか》ける用事がないなら、今日でなくともよい」

ずっと屋敷に引きこもっていたので、ちょっと外出したいのは本音だが、忙《いそが》しく仕事しているオースティンの手を止め、新譜のためにわざわざ馬車を出すことを、伯爵は望まない。伯爵はあくまで、ついでに、外出したいだけだと強調した。

昼食後、伯爵は外出することになった。

『すみません、坊《ぼっ》ちゃま……』

食後のお茶を左手だけで給仕《きゅうじ》して、セルバンティスは伯爵に詫《わ》びる。

精密検査の結果待ちの状態で、予備の義手すら装着していないセルバンティスは、ハニーデュークから外出を禁じられている。

「明日だったら、よかったんだけどねぇ」

食後のワインを楽しみながら、ハニーデュークは肩《かた》を竦《すく》める。

朝寝《あさね》から昼食の為にハニーデュークが起き出すのを待ち、セルバンティスは伯爵に同行できるよう、無理をおして頼《たの》みこもうと考えていた。しかしセルバンティスの思惑《おもわく》は、先にハニーデュークに看破され、言いだす前に外出禁止を命じられた。伯爵が吸血鬼としての能力を用いて、何か行動を起こさなければならない時に、義手の調整が間に合わなくなるかもしれないと言われれば、どうしても今外出したいのだとセルバンティスは言い募《つの》ることはできない。

「――――ランディ……」

伯爵に同行してくれないだろうかと、弟伯爵に縋《すが》るような目を向けたが、ランディオールは恭《うやうや》しく会釈《えしゃく》しただけで、何も言わなかった。

弟伯爵が都に入り、都の伯爵邸に『ベルナルド伯爵』が滞在《たいざい》していることになっている今、ベルナルド伯爵に、何か突発《とっぱつ》的な用事が入る可能性もある。

セルバンティスがいかに優秀《ゆうしゅう》な執事《しつじ》でも、義手のない不自由な状態では、弟伯爵の執事の仕事を任せるには不安がある。『ベルナルド伯爵』の行動に支障が出そうなことを、ランディオールが許諾《きょだく》するわけにはいかない。

我関せずという涼《すず》しい顔のランディオールへ、口を尖《とが》らせる弟伯爵に、伯爵は苦笑する。

「大丈夫《だいじょうぶ》だ。買い物に行く馬車に乗って、レコードを受け取ってくるだけなのだから」

ほんの少し外出気分を楽しむだけで、伯爵は馬車から下りず、屋敷で待つより少しだけ早く、新譜を手にする。屋敷にいて不自由することは何もないが、たまには外の空気も吸いたいと思っただけだ。馬車を下りなくても、十分な気分転換《てんかん》になるし、温かい血が冷えるほど、疲《つか》れることもない。

買い物に出かけるオースティンが、外から鈴《すず》を鳴らし、馬車の準備ができたことを知らせた。

「行ってくる」

お茶のカップを置いた伯爵は、セルバンティスに椅子《いす》を引いてもらって席を立つ。

「用心にこしたことはございませんから、坊ちゃま、ぜひこちらのマントをお召しになってくださいませ」

マーゴットはフード付きの黒いマントを、ミリアムに運ばせた。

「どど、どうぞ……！」

　マントを両手に載《の》せて、伯爵の前に進み出ようとしたミリアムは、足を縺《もつ》れさせて転倒《てんとう》した。

翻《ひるがえ》ったマントから舞《ま》い上がった埃《ほこり》で、伯爵は軽く咳《せ》きこむ。

「兄上！」

『坊ちゃま……』

「心配ない」

　セルバンティスに背を撫でられ、手で口許《くちもと》を覆《おお》いながら、咳《せき》をおさめた伯爵は顔を上げる。

両手にマントを掲《かか》げたまま起き上がろうとして、四苦八苦しているミリアムの手からマントを取ったマーゴットは、埃が立たないよう両手でそっとマントを広げ、伯爵に着せかける。

「こちらのマントには、ハニーデューク先生にわけていただいた土を叩《たた》きこんでございます。多少埃っぽいでしょうが、我慢《がまん》してくださいませ」

　マントの布地に薄《うす》く満遍《まんべん》なく含《ふく》まれているのは、怪物避《かいぶつよ》けのための墓場の土だ。怪物は墓場を忌避《きひ》する。墓場の土にも怪物を忌避させる効力がある。外出する際には余計な騒動《そうどう》の種を蒔《ま》かないよう、伯爵は配慮《はいりょ》することにしている。

「生地《きじ》に土を叩きこむのは、なるほど、いい方法だね」

　埃が入らないように、ワイングラスの口に手でしっかり蓋をし、ハニーデュークは頷く。

　伯爵がやったように、泥《どろ》にして衣服に塗《ぬ》り付けるのではなく、マーゴットは乾《かわ》いたままの細かい土を、マントの繊維《せんい》の奥まで叩き入れた。これならば、すべての土を叩き出すには相当時

間がかかるし、泥のように乾いて剝《は》がれ落ち、効力切れになることはない。フードを目深《まぶか》に被《かぶ》れば、引きずりそうな長さのマントは、小柄《こがら》な伯爵の身体《からだ》を完全に隠《かく》し、怪物を寄せつけないだろう。

伯爵がいつ行動を起こしてもいいようにと、準備していてくれたマーゴットに、弟伯爵は感激して目を潤《うる》ませる。

「ありがとう、マギ……！」

「いえいえ。たいしたことではございません」

マーゴットは何でもないことのように言うが、きちんと手を掛《か》けたことのわかる作業だ。少し注意して歩けば埃が立たないことを確認《かくにん》し、伯爵は満足する。

「手間をかけさせたな」

「泥汚《どろよご》れのついたお洋服を洗濯《せんたく》しますよりは、ずっと楽な作業ですわ。こちらなら、先日、坊ちゃまがされました泥遊びより、具合もよろしいでしょう」

金の髪《かみ》の見目麗《みめうるわ》しい少年伯爵。可憐《かれん》で愛らしく、温室育ちのやわな花を思わせるくせに、伯爵は大胆不敵《だいたんふてき》で苛烈《かれつ》であり、一人で突《つ》っ走る無茶《むちゃ》なところがある。

「独断で行動を起こされます前に、ぜひ相談してくださいませ、坊ちゃま」

笑顔《えがお》で釘《くぎ》を刺《さ》され、ばつの悪い伯爵はマーゴットから目を逸《そ》らし、その原因を作ってしまったセルバンティスはマーゴットに向かって深々とお辞儀《じぎ》した。

ベルナルド伯爵邸で使っている買い物用の馬車は、荷物の運搬《うんぱん》に使う幌《ほろ》付きの荷馬車だ。高貴な身分である伯爵が乗るような馬車ではないが、伯爵邸の馬車はすべて宮廷建築家によって製作されている。宮廷建築家が図面を引いて製作した物は、怪物に伯爵の存在を知らせない効力がある。伯爵本人が構わないと言い、外出先で乗り降りするところを誰《だれ》かに見られることもないのなら、伯爵が乗ることにまったく不都合はない。

伯爵が玄関《げんかん》に出るのに合わせて、オースティンが車寄せの前に荷馬車を止めた。

「今日は道具屋で、塗料《とりよう》と剪定鋏《せんていばさみ》を購入《こうにゅう》いたします」

屋敷には出入り業者がいるので、生鮮《せいせん》食料品や消耗《しょうもう》品は配達時に注文できるが、それ以外の物や、じっくり吟味《ぎんみ》して購入したい物があるときには、買い物に出かけなければならない。

「先に楽器店から回ってもよろしいですか？」

「あぁ、頼む」

伯爵の見送りに出たミリアムは、弟伯爵たちの後ろで、納得《なっとく》いかないように首を傾《かし》げる。

「あのー、今日、オーサ様はお出掛けの予定でしたっけ？」

「（しっ！　お黙《だま》り！）」

マーゴットはミリアムの口を塞《ふさ》ぐ。

ランディオールから話を聞いたオースティンは、物置を整理して、買い物に行く用事を急遽《きゅうきょ》作った。道具屋での買い物は、どうしても今日しておかなければならないものではない。予定になかったのではと、ミリアムが疑問に思うのは当然だ。

あくまでも買い物に便乗して外出する伯爵だが、買い物が終わるのをじっと待つよりも、欲しいものを先に手にして待っているほうが、退屈《たいくつ》しない。

多くは語らなくても、オースティンの気遣《きづか》いは伝わっている。

『坊ちゃま、お気をつけて』

馬車の荷台に乗りこむ伯爵を、セルバンティスは左手一本で補助する。幌で覆われた馬車の荷台には、伯爵が身を隠せるように空の樽《たる》や木箱、藁《わら》を詰《つ》めた袋《ふくろ》が積まれ、乗り心地《ごこち》が悪くないよう、座る場所とクッションがきちんと仕度《したく》されていた。

「すぐに戻《もど》る」

伯爵は心配顔のセルバンティスと弟伯爵に、にっこりと微笑《ほほえ》み、目深にフードを被った。明るい金色の髪と白い顔が隠されると、幌で日陰《ひかげ》になった荷台にいる伯爵の姿は、荷物に紛《まぎ》れてわからなくなった。

ベルナルド伯爵邸の荷馬車は、裏口から静かに通りへと出た。


（風が気持ちいい）

石畳《いしだたみ》の道に蹄《ひづめ》の音を響《ひび》かせて、軽快に荷馬車は進む。

セルバンティスの操《あやつ》るハンググライダーで空を飛ぶときとはまた違《ちが》う、柔《やわ》らかい風を伯爵は感じる。屋敷にいたときには聞こえなかった物音に、どこか懐《なつ》かしさを覚える。

（そうだ。この音を聞きながら、わたしは領地と都を往復していた）

馬車の揺《ゆ》れさえも、今は心地いい。

御者台《ぎょしゃだい》の近くに隠し置かれた草刈《くさか》り鎌《がま》を見つけ、伯爵はくすくすと笑う。

(あれ?)

「用心深いな」

「御護《おまも》りだと思ってください」

杞憂《きゆう》だろうと思いながら、自分用の武器を持ってきてしまったオースティンも笑う。

伯爵が荷台に隠れて乗っているなんて、以前、伯爵邸から夜中にこっそりと出掛《でか》けようとしたときと同じだ。今は真っ昼間で、怪物《かいぶつ》に襲《おそ》われることなどありえないが。

「御入り用の楽譜《がくふ》はありませんか?」

「あぁ、そうだな……」

ついでに購入してこようと言うオースティンに、伯爵は二曲ほど曲名を伝えた。

楽器屋の車寄せに荷馬車を止めたオースティンは、時間をかけることなく新譜と楽譜を購入して戻ってきた。荷台に隠れている伯爵にそれらを渡《わた》し、馬車を動かして、道具屋のある通りに向かう。

工具や雑貨の店がある通りは、一般的《いっぱん》には贅沢品《ぜいたく》である楽器店のある通りよりも、もっと庶《しょ》民《みん》的な雰囲気《ふんいき》の場所だ。たとえ荷馬車であれ、名家の馬車が通りに無人で止められていた場合、馬車ごと盗難《とうなん》に遭《あ》う危険がある。目当ての店まで少々歩くことになるが、オースティンはいつものように、荷馬車を管理人の常駐《じょうちゅう》している馬車置場に運んだ。賃料はかかるが、ここならば泥棒《どろぼう》は近づけないし、伯爵の身にも危険はない。

「坊《ぼっ》ちゃま、少々、お時間をいただきます」

「あぁ」

よほど覗《のぞ》きこまれなければ外から見えない位置で譜面《ふめん》を広げ、伯爵はオースティンを見送った。オースティンは小走りに、道具屋に向かう。花壇《かだん》の柵《さく》とお屋敷の外壁《がいへき》の補修に使う塗料と、バラの剪定鋏。どちらも商品選びにそれほど時間のかかるものではない。

荷馬車の中で、音譜を目で追いながら、鍵盤《けんばん》を叩くように指を動かしていた伯爵は、微《かす》かに聞こえてきた物音に、むっと眉《まゆ》を顰《ひそ》める。

(どこから、だ……?)

人の悲鳴、激しい蹄の音と、車輪の音、馬の嘶《いなな》き——。

暴走馬車が、恐《おそ》ろしい勢いで近づいていた。

「危ない!」

「逃《に》げろ!」

誰かが口々に叫《さけ》び、破壊《はかい》音と悲鳴が響く。その物音は、真っ直《す》ぐに近づいてくる。

（どうなっている⁉）

楽譜を閉じた伯爵は、隠れている荷馬車から顔を出し、外の様子を窺《うかが》ったほうがいいものか迷った。このままでは、まずい気がする。

大きくなる騒音《そうおん》に腰《こし》を浮《う》かせたと同時に、どんと鈍《にぶ》い衝撃《しょうげき》が伯爵の乗っていた荷馬車を襲った。

「うわっ！」

荷馬車は勢いよく横倒《よこだお》しになり、伯爵は積んでいた荷物と一緒《いっしょ》に、外に放《ほう》り出される。

近くを通り掛かった乗合馬車を薙《な》ぎ倒し、馬車置場に飛びこんだ暴走馬車に、管理人たちは悲鳴を上げた。

「何てことだ！」

「追い出せ！　早く！」

お客様から預かった、大切な馬車だ。馬車置場を荒《あ》らされては堪《たま》らない。駆《か》けつけた馬車置場の管理人たちは、馬の扱《あつか》いに長《た》けている。馬を御する為《ため》に用意されていた長い棒を突きつけられ、驚《おどろ》いた暴走馬車の馬は、馬車置場の外へと向きを変え、投げられた縄《なわ》を足に絡《から》めて、どうと倒れた。牽《ひ》いていた馬車は、ばらばらに砕《くだ》け散る。

馬車の暴走は何とか止まったが、及《およ》ぼした被害《ひがい》は甚大《じんだい》だ。通りに出ていた露店《ろてん》は目茶苦茶《めちゃくちゃ》に壊《こわ》され、暴走馬車に撥《は》ねられたり、巻き添《ぞ》えを食った者たちが、大勢呻《うめ》き声を上げている。

「大丈夫《だいじょうぶ》か⁉」

「誰か、医者を呼んでくれ！」

「手を貸せ！　人が露店の柱の下敷《したじ》きになってる！」

近くを巡回《じゅんかい》していた兵士が騒《さわ》ぎに気づき、発火弾《だん》を打ち上げて、緊急《きんきゅう》事態を知らせた。

「こっちだ！　早く！」

兵士に助けを求める声も聞こえる。

火事場泥棒《かじばどろぼう》という言葉があるが、怪我《けが》人が大勢いて助けを求めているような場所でも、混乱に乗じて他人の物を持ち去ろうとする〝不埒《ふらち》な輩《やから》〟は出没《しゅつぼつ》する。

「おい、お前！　そこにある物に触《さわ》るな！」

横倒しになった乗合馬車の乗客と荷物、馬車置場に止められていて暴走馬車に薙ぎ倒された馬車の荷物が散乱している中、管理人たちは客の荷物を守ろうと必死だ。


（とんでもないことになったな）

荷馬車の外に放り出された伯爵は、横倒しになって驚いている伯爵邸の馬を急いで宥《なだ》め、荷馬車を起こして飛び出た荷物を手早く荷台に入れる。荷物といっても、受け取ってきたばかりの新譜と楽譜、それからオースティン愛用の草刈り鎌があるぐらいで、あとは伯爵が身を隠《かく》すための壁《かべ》に使う空樽《からだる》と木箱、干し草の詰まった袋だ。

「おい！　早く乗れ！」

ぐいとマントごと後ろ襟《えり》を摑《つか》まれた伯爵は、引き起こされた乗合馬車に、投げこまれるように乗せられる。

（ちょ……！）

目深《まぶか》くフードを被《かぶ》っていて、人相風体《ふうてい》がよくわからなかったからだろう。埃《ほこり》っぽいマント姿の伯爵は、賃料を支払《しはら》って馬車置場を利用するような、身なりのよい者には見えない。馬車から出ようとしても、次から次に男が乗せられるので、奥へ奥へと流されてしまう。

（うわー……）

年齢《ねんれい》や人種は様々だったが、いかにも日雇《ひやと》いの肉体労働者という風情《ふぜい》の男たちと一緒に、ぎゅうぎゅうと荷物のように乗合馬車に詰めこまれながら、伯爵はフードの陰《かげ》で顔を引きつらせる。とんでもなく、場違《ばちが》いだ。間違えてますと、フードを取って出ていくには、勇気がいる。というか、フードを取って顔を見せたくない。

（適当なところで、逃げ出すか）

伯爵は吸血鬼化してから、腕力《わんりょく》も脚力も超人的になっている。隙《すき》を見て、馬車から飛び下りればいいだけだ。

小柄《がら》な伯爵は、後から後から乗合馬車に詰めこまれる男たちの身体《からだ》に潰《つぶ》されないよう、ぐっと肘《ひじ》と腕《うで》を突《つ》っ張《ぱ》って耐《た》える。

「ダルドリー親方！　たぶんこれで全員です！」

「よし、出せ！」

乗合馬車が勢いよく動きだし、傾《かたむ》く人波の中で伯爵は息を詰《つ》める。

（ダルドリー親方⁉）

その名前は、失踪《しっそう》した考古学者エルンストの――――。

急いで買い物を終えたオースティンは、馬車置場の方で起こっている騒ぎに驚く。

（坊ちゃま！）

駆けつけた場所にあった馬車は、何事もなかったように、荷台に積んだ物ひとつなくなってはいなかった。

違《ちが》っていた点は、ただひとつ――――。

（坊ちゃま⁉）

ベルナルド伯爵の姿だけが、忽然《こつぜん》と消えていた。

第四楽輪　花隠れ

小鳥を飛ばされ、連絡《れんらく》をもらったフェルナンドは、勤務を終えてすぐにベルナルド伯爵邸を訪問した。療養休暇《りょうようきゅうか》中だったレオニールは明後日から事務職復帰の予定で、まだ監視《かんし》がついていて迂闊《うかつ》に出歩くわけにはいかないので、来たのはフェルナンド一人だ。

「――――伯爵様が、行方《ゆくえ》不明？」

居間に通されるや否《いな》や、飛びついてきた弟伯爵にベソをかきながら訴《うった》えられ、フェルナンドは目を丸くする。

「どうしましょう～～！」

ぎゅーっと軍服を握《にぎ》って縋《すが》りつく弟伯爵を、フェルナンドは背を叩《たた》いて宥める。

「と、とにかく、事情を詳《くわ》しく話してください……！」

何がなんだか、さっぱりわからない。

ランディオールに勧《すす》められ、フェルナンドは弟伯爵にしがみつかれたまま、ソファーに腰を下ろす。くっついて離《はな》れなかった弟伯爵は、姫抱《ひめだ》きのような姿勢でフェルナンドの膝《ひざ》の上に腰を下ろす。

いつものように壁際《かべぎわ》に控《ひか》えていたが、憔悴《しょうすい》した様子のオースティンが口を開いた。

「今日の午後、お屋敷《やしき》から荷馬車を出して、わたしは買い物に出かけたのです」

外の空気を吸うために、ほんの少し外出したかった伯爵を馬車の荷台に隠して、伯爵邸を出た。伯爵の注文品である新譜《しんぷ》と楽譜を買った。馬車を馬車置場に置き、道具屋で急いで買い物をして出てきたところ、その辺りが騒がしいことになっていた。荷馬車も馬も、荷台の荷物も何ともなかったが、乗っていたはずの伯爵の姿だけが消えていた――。

大声で名前を呼んで捜《さが》すわけにはいかないが、伯爵がいないかと、オースティンは馬車の周りを必死に捜した。こんなマント姿の者を見かけなかったかと、通りすがりの者に片っ端《かたぱし》から尋《たず》ねても、伯爵の行方はわからなかった。暴走馬車が通り過ぎた後は、物が破壊《はかい》され、馬車が倒され、大勢の怪我人が出ている。伯爵は人を超《こ》えた力を持っている。その力を使って、ひょっとするとどこかで人助けをしているのかもしれないと、オースティンは周囲に気を配りながら伯爵が戻《もど》ってくるのを待ってみたが、それらしい様子もなかった。伯爵が見ていただろう譜面や荷馬車の中も注意深く調べたが、書き置きやメッセージのようなものは、どこにも発見できなかった。マント姿の伯爵は、どこか怪《あや》しげで、馬車置場を出入りできるような格好ではなかったので、もしかすると先に屋敷に戻ったのではないかと思い、オースティンは屋敷に帰ったが、伯爵はまだ帰宅していなかった。オースティンと入れ替《か》わりに、別の者が伯爵を捜しに出た。

屋敷の者たちに心配をかけるようなことを、伯爵がするはずがない。

（あの騒ぎか……）

暴走馬車の一件は、都の別の地区を巡回中だったフェルナンドの耳にも入っていた。だがまさかあの場所に、伯爵がいたとは。

視線を落とし、無言で立ち尽《つ》くしているセルバンティスには義手がなく、執事《しつじ》コートの空っぽの右袖《そで》が力なく揺《ゆ》れていた。屋敷に残って、伯爵の帰りを待っていたに違いないとフェルナンドは推測する。義手があり、もしもセルバンティスが同行していれば、こんな騒ぎにはならなかったかもしれない。

「……伯爵様の血は、足りてらっしゃるのですよね？」

（監視がいないからって、昨夜、レオンが出かけてたし）

行き先は聞いていないが、付き合いの長いフェルナンドには、レオニールの行動など簡単に想像がつく。

「はい。このように」

伯爵の状態を確認《かくにん》するフェルナンドに、マーゴットは浅く水を張った大きな盆《ぼん》いっぱいのバラの花を見せる。

（今日もトールキンス侯爵がいらしたんだな……）

萼《がく》のすぐ下でばっさりと切られたその花は、伯爵の状態確認のために豪快《ごうかい》に振《ふ》り撒《ま》かれたバラだろう。伯爵の血が足りているかを調べるには、一輪で足りるのに、バラ塗《まみ》れになる麗《うるわ》しい孫の姿を気に入ってしまったトールキンス侯爵は、どれほど嫌《いや》がられてもやめない。(花が多すぎて水盆でも間に合わなくなったときには、これらの花は伯爵たちの湯船に浮《う》かべられ、この話もトールキンス侯爵を大いに喜ばせる)

温かい血の不足している伯爵に触《ふ》れられると、バラの花は生気を失い、萎《しお》れて枯《か》れる。ただ水揚《みずあ》げが悪くなっただけではないので、どれほど茎《くき》を短くしても、伯爵によって萎れた花が復活することはない。花から判断する限り、伯爵は絶好調だ。

フェルナンドは思案する。

「伯爵様が二人いて、そのうちのお一人が人を超えた力をお持ちであることを、外部に知られた可能性はありますか?」

伯爵が吸血鬼であることが漏《も》れたとしたら。興味を覚えた者に攫《さら》われる危険もある。極秘《ごくひ》の存在である伯爵を、おおっぴらに捜すわけにはいかない。

レミングを一匹肩《ぴきかた》に乗せ、グラスにワインを注ぎながら、くすくすとハニーデュークは笑う。

「それはないだろうねぇ。そんなことがあったら、きっともっと騒《さわ》ぎになってるよ? 伯爵サマと対《つい》である隊長さんのことだって、ばれてるんじゃない?」

レオニールの周りのことを一番気にしているのは、フェルナンドだ。レオニールが血を持て余すようになって以来、人の動きや噂話《うわさばなし》にはかなり注意しているが、レオニールに対し、人ならざるモノに畏怖《いふ》するような怪しい動きはない。

「それにねぇ、トールキンス侯爵とジョシュア王子を敵に回すのは、得策じゃないし」

トールキンス侯爵は経済力と軍事力、両方を持っている。国王ストロハイムであっても、トールキンス侯爵との揉《も》め事は避《さ》けたいだろう。見目麗《みめうるわ》しい金の髪《かみ》の少年伯爵、ベルナルド伯爵はジョシュア王子のお気に入りだ。ベルナルド伯爵について好ましくないことをジョシュア王子の耳に入れた場合、告げ口した者のほうが手酷《てひど》い仕打ちを受ける可能性が大きい。そして、気に入っているときには優遇《ゆうぐう》するが、気に入らないとなれば、ジョシュア王子は容赦《ようしゃ》ない。ジョシュア王子が心変わりして、ベルナルド伯爵を疎《うと》ましく思うようになって連れ去られたのなら、もっと事が大きくなっているはずだ。

トールキンス侯爵は、ベルナルド伯爵に双子《ふたご》の弟がいたことを秘密にしていた。伯爵の身に何事もなかったなら、弟の存在は一生隠蔽《いんぺい》されていたはずだ。隠蔽されるのが兄になり、それが吸血鬼だったとしても、あのトールキンス侯爵の息がかかっているならば、隠《かく》し通せないわけがない気がする。

おそらくベルナルド伯爵の失踪は、吸血鬼絡《がら》みではないだろう。

フェルナンドは思案する。

「今日のお出かけは、以前から予定していたものですか？」

伯爵が荷台に身を隠していても、出かけるという情報が事前に漏れていれば、誰《だれ》かにそこを狙《ねら》われるかもしれない。

「いえ。今日、急に決まったことです」

その証拠《しょうこ》にと、ランディオールは楽器店からの、新譜入荷《にゅうか》の案内葉書《はがき》をテーブルの上に置く。

ランディオールに視線が向けられ、オースティンは頷《うなず》く。

「わたしが馬車を出す予定がないと申し上げたなら、旦那《だんな》様はお出かけにならなかったでしょう。その葉書は本物です。楽器店には、確かに新譜が入荷していました」

贋《にせ》葉書で誘《さそ》い出されたわけでもない。

「──身《み》の代金《しろきん》要求の脅迫《きょうはく》状は、届いてませんね？」

確認するフェルナンドの言葉に、顔を上げた弟伯爵は真っ青になり、マーゴットたちは急いで首を横に振る。

「め、滅相《めっそう》もございません……！」

屋敷に近づく者がいれば、飼っている猟犬《りょうけん》が吠《ほ》えるのでわかる。そのような手紙も、メッセージの投げこみもない。

ベルナルド伯爵邸に届いていなくても、トールキンス侯爵の許《もと》に脅迫状が送られたのならば、『ベルナルド伯爵』の不在を確認する為《ため》に、何らかの動きがあっただろう。たとえトールキンス侯爵が留守でも、不審《ふしん》な郵便物は開封《かいふう》される。放置されることはない。

「『ベルナルド伯爵』と知ったうえでの、身の代金目当ての営利誘拐《ゆうかい》では、ない。伯爵のいなくなった現場に、他《ほか》に貴族はおられませんでしたか？」

営利目的でなかったら、ひょっとすると怨恨《えんこん》──。

ジョシュア王子のお気に入りとなっているベルナルド伯爵だ。面白《おもしろ》くない思いをしている貴族がいると考えても、妥当《だとう》だろう。普段《ふだん》から主人が愚痴《ぐち》を零《こぼ》していて、いつかその機会があればと狙っていた、主人思いの従者がいたなら、あるいは。

オースティンはフェルナンドを真っ直《す》ぐに見つめて答える。

「馬車置場の管理人にも確認しましたが、あの場に貴族家の馬車はありませんでした」

「伯爵は、フード付きのマントを着ていらしたのでしたね」

服装を確認し、フェルナンドは思案する。

伯爵がしていたという埃《ほこり》っぽい服装は、まったく貴族らしくはない。似ていると思っても、まさかベルナルド伯爵ではないだろうと、否定するだろう。ベルナルド伯爵だと断言してしまったら、侮辱《ぶじょく》や不敬罪にあたると考えるのが普通《ふつう》だ。ジョシュア王子のお気に入りであり、トールキンス侯爵という怖《こわ》い後《うし》ろ楯《だて》のある少年伯爵を相手に、ややこしい事態になることは避けたいはずだ。

社交界では有名人の、見目麗しい金の髪の少年伯爵だが、ジョシュア王子やストロハイム国王のように、人相風体《ふうてい》が都の一般《いっぱん》の人々に広く知れ渡《わた》っているわけではない。

「――――伯爵様の意識がなかったのなら、連れ去り……」

「あぁ！　きっとそうですよ！　兄上ってば、とっても可愛《かわい》らしいですからっ!!」

両の手の拳《こぶし》を握《にぎ》って鼻息も荒《あら》く弟伯爵は力説し、ランディオールは溜《た》め息をつく。

(同じ顔だってば☆)

双子なんだし。

それに性格等を総合すると、同じ顔でも弟伯爵のほうが、ずっと『可愛い系』だ。

「今頃《いまごろ》、どこでどうされているんでしょう……！　兄上〜〜〜！」

軍服の上着を摑《つか》んでフェルナンドの上に座りながら、すっかり取り乱している弟伯爵は、ばたばたと足を振り動かす。

ただでさえ不器用なところに、伯爵が失踪《しっそう》したと聞いたミリアムは、手の震《ふる》えが止まらなかった。零さないようにと、震える手でフェルナンドにお茶を入れていたミリアムは、かぁーっと真っ赤になる。

「……伯爵様が、連れ、連れ去られ……」

(しかも、どこでどうされているのか、わからないなんてっっっ！)

あんなことやそんなことまで想像できる衝撃《しょうげき》的な言葉に、頭のてっぺんまで真っ赤になり、ミリアムはポットを握り締《し》めたまま失神する。

「ちょっとミリ！」

ぐらりと傾《かたむ》いたミリアムに気づいたマーゴットは、ミリアムの手からポットを取り上げて、床《ゆか》にお茶をぶちまけるのを防いだ。失神したミリアムは、ランディオールが部屋の隅《すみ》に片づける。

ワイングラスを傾けながら、くすくすとハニーデュークは笑う。

「全パーツ、どれも伯爵サマは一級品だよねー♡　僕の苦手な、血以外」

しかも今の伯爵の血は、目覚めた求血鬼の血だ。

『単品での活用は、ご遠慮《えんりょ》ください』

すかさずセルバンティスに言われ、人体パーツのコレクターであるハニーデュークは肩《かた》を竦《すく》めた。

弟伯爵（フェルナンドの膝《ひざ》の上）の座るソファーの横に戻《もど》り、ランディオールは考える。

「ベル様の意識がなければ、思わずお持ち帰りしてしまう方もあるでしょうが、ベル様が目覚められるのを待つのではないでしょうか」

寝顔《ねがお》は精巧《せいこう》な人形のように美麗《びれい》だが、それよりも。

（あの瞳《ひとみ》が開く瞬間《しゅんかん》を、見たいと切望させる――）

そんな魅力《みりょく》が、伯爵にはある。瑞々《みずみず》しい生命のきらめきが隠されていると、予感させる。美しい着せ替《か》え人形のように飾《かざ》り立てられる可能性は大だが、伯爵の意識がないのを好機と、そのまま不埒《ふらち》な行為《こうい》に及《およ》ばれることは、おそらくない。きっと誰もが、輝《かがや》く瞳を見、声を聞きたいと思うはずだ。

「伯爵がお目覚めであれば……」

ランディオールの言葉の続きを、各人は心の中で思う。


きっと無敵だ。

他人を意のままに操《あやつ》る魔眼《まがん》だけでなく、血の足りているときの伯爵には、常人を超《こ》えた力がある。危害を加えられ大怪我《おおけが》を負っても、吸血鬼である伯爵は簡単には死なない。血が不足するような事態になれば、伯爵の動きは鈍《にぶ》くなるが、生命力を奪《うば》い取る危険極《きわ》まりない存在と化す。どちらに転んでも、伯爵はただ者ではない。

フェルナンドは思案する。

「残る可能性は――――、伯爵ご本人の意思で、行方《ゆくえ》を晦《くら》ませられたか」

「そんな！」

弟伯爵はフェルナンドのネクタイを摑み、至近距離《きより》からフェルナンドを見つめる。

「兄上は僕に、どこにも行かないって約束してくださいました！　兄上は嘘《うそ》をつくような人ではありません！」

大きな声を出し、興奮してきた弟伯爵の目が潤《うる》む。ついでに、興奮してネクタイを摑んだ手の力も増す。

（く、首、首が、絞《し》まる……っ！）

「ずっと側《そば》にいてくださるって、約束したんだもん！」

（『もん』って、伯爵様……☆）

「ええ、そのとおりです」

肯定《こうてい》の言葉で割って入ったランディオールは、失礼いたしますと、ネクタイを摑む弟伯爵の手に軽くチョップを当てた。ぱっと開いた手からネクタイを放させ、ランディオールは弟伯爵を抱《かか》え上げると、フェルナンドの膝の上から持ち去った。ランディオールは弟伯爵を一人掛《が》けソファーに座り直させ、どこからか取り出したウサギのヌイグルミを弟伯爵に与《あた》えて頭を撫《な》でる。くすんと鼻を鳴らした弟伯爵は、両手でぎゅーっとウサギを抱《だ》いて、拗《す》ねた顔で俯《うつむ》いた。

取り乱した弟伯爵と、それをさくさくとあしらったランディオールに、一同は唖然《あぜん》とする。

（――駄々《だだ》っ子だ……☆）

同じ顔でも、伯爵はそのような姿は見せない。物分かりのいい、大人びたところのある伯爵を見慣れているセルバンティスたちには、新鮮《しんせん》な驚《おどろ》きである。

フェルナンドはネクタイを直し、軽く咳払《せきばら》いする。

「お屋敷の皆《みな》さんが心配されることは、伯爵もよくわかっておられるはずです。落ち着いて、連絡《れんらく》のできる状況《じょうきょう》になれば、きっと何らかの方法で連絡があるでしょう。『ベルナルド伯爵』はこちらにいらっしゃるのですから、騒《さわ》ぎを大きくしないほうがよいと思います。伯爵から何か連絡があったなら、お知らせ下さい。自分はとりあえず、もう一度、その暴走馬車の事故に関して、調査を行ってみます。伯爵について、何か手掛《てが》かりが摑めるかもしれません。後は――」

『……後は？』

心配そうに眉《まゆ》を顰《ひそ》めたセルバンティスに、フェルナンドは苦笑《くしょう》する。

「レオンに頼《たよ》ります」

対《つい》の吸血鬼、伯爵とお互《たが》いに欠くことのできない存在であるレオニールは、伯爵がどこにいるのかを感じ取ることができる。伯爵を追いかける怪物《かいぶつ》には入れない場所でも、レオニールは頓着《とんちゃく》なく侵入《しんにゅう》できる。伯爵を見つけ出し、自分の都合でかっ攫《さら》う。

今度のことでも、レオニールならきっと、伯爵を見つけ出せるはず。

(伯爵の血が冷えて、最悪のことにならないよう、祈《いの》るだけだな……)

伯爵のことは心配だが、伯爵に関《かか》わる人間のことも、フェルナンドは気にかかる。

見目麗《みめうるわ》しい金の髪《かみ》の少年伯爵の、か弱い容姿に侮《あなど》ってかかると、とんでもないことになる。

吸血鬼として覚醒《かくせい》したベルナルド伯爵の能力が、現時点ですべて解き放たれ、伯爵に自在に使いこなせるようになっているかどうかは、わからない。何がきっかけとなって、どんな新しい能力が解き放たれるか知れない。

何か進展があれば、連絡を入れることを約束して、フェルナンドは伯爵邸を後にした。

午後のお茶の時間。

伯爵が聞きたがった新譜《しんぷ》は伯爵邸にあったが、伯爵の姿はなかった。いつでも使えるように仕度《したく》された蓄音機《ちくおんき》は、沈黙《ちんもく》したままだ。

（兄上……）

居間のソファーでウサギのヌイグルミを抱いて三角座りをした弟伯爵は、マーゴットが焼いた洋ナシのパイも、ランディオールのいれたミルクティーも、一口も手をつけなかった。

『――ルディ様、そろそろお部屋に戻って御召替《おめしか》えを』

ソファーの前で膝をつき、セルバンティスが弟伯爵に静かに促《うなが》す。

今日の夕方、『ベルナルド伯爵』には、中央美術館で行われる絵画賞の授賞式に出席するという公務がある。弟伯爵は、その為《ため》に都に来たのだ。

「……行かない……」

『ルディ様』

「だって！　兄上がどこでどうされているのか、わからないのに！」

心配で心配で、弟伯爵の胸は潰《つぶ》れそうだ。

ぼろぼろと涙《なみだ》を零《こぼ》す弟伯爵を見上げ、セルバンティスは左手で執事《しつじ》コートのポケットから取り出したハンカチで、そっと弟伯爵の涙を拭《ぬぐ》う。

『それでも、いえ、それだからこそ、出席してください。坊《ぼっ》ちゃまの為に』

「兄上の、為……？」

しゃくりあげながら、弟伯爵は目を瞬《まばた》き、セルバンティスは頷《うなず》く。

『ルディ様の『ベルナルド伯爵』は、坊ちゃまの身を安全に導くでしょう』

同じ顔の、双子《ふたご》の伯爵。弟伯爵が『ベルナルド伯爵』として公務をこなせば、同時に存在するもう一人は『ベルナルド伯爵』としての価値をなくす。よからぬ者が何か企《たくら》んだとしても、公務中の『ベルナルド伯爵』に危害を加えることはできない。『ベルナルド伯爵』は存在するので、どこかにいる伯爵は、きっと心置きなく行動できる。弟伯爵が公務を休んでしまえば、伯爵は『ベルナルド伯爵』だと思われてしまう。どんな精神状態だろうと、弟伯爵は、公務を休んではならない。

『何事もなかったような顔で、毅然《きぜん》となさってください。坊ちゃまが作り上げた『ベルナルド伯爵』を、よろしくお願いいたします』

（兄上の、『ベルナルド伯爵』……）

深々と頭を下げるセルバンティスを、弟伯爵は息を呑《の》んで見つめる。

（そうだ、僕は――）

『ベルナルド伯爵』を、託《たく》された。

行方の知れない兄のことがどんなに心配でも、『ベルナルド伯爵』であることを放棄《ほうき》することはできない。

「すまない、セルバン」

聞こえた声に、はっとしてセルバンティスは顔を上げる。

（坊ちゃま？）

しかし、見上げた先に見えたのは、涙に濡《ぬ》れた目で微笑《ほほえ》んでいる弟伯爵だ。

「目、少し腫《は》れちゃったかな。ランディに冷やしてもらって、ちゃんとして出かけるから」

『――はい』

ウサギのヌイグルミを片腕《かたうで》に抱え、弟伯爵はソファーを下りる。真っ直《す》ぐに顔を上げ、迷いのない歩みで居間を出ていく弟伯爵を、立ち上がったセルバンティスは、恭《うやうや》しく礼をして見送った。


もしも――。

(坊ちゃまを喪《うしな》う日が来て……)

一人居間に残ったセルバンティスは、目を閉じ、唇《くちびる》を引き結ぶ。

それまではどんなことをしてでも生き延びて、絶対にきちんと見送ってさしあげようと思っているけれど。

(わたしは……ルディ様に、坊ちゃまを求めてしまうかもしれない……)

同じ手触《てざわ》りの、さらさらした金色の髪。すべすべの頬《ほお》。同じ姿形をしていても、同じ名前をつけられていても、決してそれはセルバンティスが大切にした『坊ちゃま』ではないのに。そのことは、よくわかっているはずなのに。

本来の性格を押し込めさせてまで、『セルバンティスのベルナルド伯爵』になりきることを強いるかもしれない。有無を言わせずどこかに攫い、外の世界から隔離し軟禁して、『坊ちゃま』を演じさせてしまうかもしれない。貪欲に『坊ちゃま』の存在を、欲しがってしまうかもしれない。弟伯爵の人格も意思も無視する愚行《ぐこう》を阻止《そし》しようと、立ちはだかるだろうランディオールや、マーゴットたちの制止も振《ふ》り切り、あるいは容赦《ようしゃ》のない暴力で排斥《はいせき》して、『坊ちゃま』を得ようとするかもしれない。

同じ姿形に、どうしようもなく惹《ひ》かれる己《おのれ》を、セルバンティスは思う。あの声で同じ調子で名を呼ばれると、胸がどきりと音を立てる。たとえ行方《ゆくえ》知れずになっていても、今は、『セルバンティスのベルナルド伯爵』がいるから、平静を保っていられる。揺《ゆ》らぐ心を抑《おさ》えられるけれど。

（このまま、もしも坊ちゃまが戻《もど》られなければ、わたしは――
壊《こわ》れて、狂《くる》ってしまうかも、しれない……。）

強烈《きょうれつ》な飢餓《きが》にも似たものに襲《おそ》われて、小さく震《ふる》えたセルバンティスは、片方だけの手を強く握《にぎ》り締《し》めた。

第五楽輪　灼熱の花

フェルナンドが急いで戻った寮《りょう》の部屋に、レオニールはいなかった。

(まさか……！)

以前、ベルナルド伯爵が都を出たことを感じ取ったレオニールは、小隊を率いて任務を遂行《すいこう》しながら、怪物を殲滅《せんめつ》し、廃《はい》教会にいた伯爵に追いついた。今のレオニールは、怪我《けが》を治す療《りょう》養休暇中《ようきゅうか》で、暇《ひま》を持て余している。軍人としての勤務時間に拘束《こうそく》されない今なら、こっそり寮を抜《ぬ》け出して、自由に伯爵を追いかけることができる。

伯爵の失踪《しっそう》に気づいたレオニールは、伯爵の後を追ったのだろうか――。

(行くとしたら、まずどこに!?)

気性《きしょう》の真っ直ぐなレオニールは、こうと決めれば一直線に突《つ》っ走る傾向《けいこう》がある。フォローするのは、学生時代からフェルナンドの役目だった。レオニールが吸血鬼化して、さらに機動力を増した今、フェルナンドの気苦労は増す一方だ。とにかく、レオニールが過激な行動をとる前に、何が何でも見つけなくてはいけない。

習慣で、寮を出ようとして玄関《げんかん》ホールの名札に目をやったフェルナンドは、レオニールの名札の上に引っ掛《か》けられていたプレートに、ひくりと顔を引きつらせる。

『地下射撃《しゃげき》訓練場』

レオニールの居場所がわかって、フェルナンドは肩《かた》に入っていた力を抜く。レオニールは、今、フェルナンドが立っている足の下にいる。

寮に戻ってきたときにも、フェルナンドは名札を確認《かくにん》していた。その時には、レオニールの名札の上にこのプレートはなかった。フェルナンドが一度自分の部屋に立ち寄った時に、擦《す》れ違《ちが》ったようだ。

(射撃訓練場って、おい☆)

あそこにお茶を飲みに行く者はいない。ただちょっと覗《のぞ》きに行くだけなら、こんなプレートをかける必要はない。

(表向きは、治ったばかりの怪我人だぞ……！)

本人はぴんぴんしていようとも、書類上はそういうことになっている。明後日から復帰する仕事も、デスクワークからだというのに。

(誰《だれ》かに不審《ふしん》に思われたら、どうするんだ!?)

軍人として、勤務には万全《ばんぜん》のコンディションで挑《いど》めるように、日々の鍛練《たんれん》に精を出していたレオニールだ。身体《からだ》を動かしたいのはわかるが、目立つのはよくない――――！

地下射撃訓練場は、軍の寮の敷地《しきち》の地下にある。夜間でも発砲音《はっぽう》を気にせず訓練でき、的を外れた流れ弾《だま》や誤射の被害《ひがい》が周囲に出ないよう、配慮《はいりょ》された施設《しせつ》だ。地下に向かう防音扉《とびら》の奥に籠《こ》もってしまうと、誰が利用しているか、何人訓練中なのかがわからないので、利用者は寮の名札に、プレートをかけることになっている。

（射撃訓練場にいるのは、レオンを含《ふく》めて七名）

寮で生活しているのは、軍に入って年月の浅い、若い兵士ばかりだ。小隊長という階級のレオニールに対し、面と向かって意見する者はいない。レオニールが気を遣《つか》うこともない。

（ぼろを出すなよ……！）

祈《いの》るように思いながら、フェルナンドは地下射撃訓練場に下りる。

「肩！」

ガウン！

ガガガガガガウン！

「左足！」

ガウン！

ガガガガガガウン！

板で作った人形《ひとがた》の的は各自一枚。レオニールが狙《ねら》う場所を宣言して発砲し、レオニールが狙ったのと同じ場所に、他《ほか》の者たちが続けて発砲する。射撃訓練場で、どのような訓練をするかという決まりはないが、今はレオニールを司令塔《しれいとう》に、指定した場所に弾丸を命中させるという訓練を行っているようだ。銃声《じゅうせい》が耳への負担にならないよう、射撃訓練をする者は密閉型ヘッドホンを装着しているので、他の者たちにレオニールの声は聞こえていなくても、レオニールの射撃が狙った場所を外していないことはわかる。

(……絶好調だな)

階級は違っても年齢《ねんれい》はほとんど変わらない者たちの中で、同じ形の的を使いながら、レオニールの射撃が最も正確なのは明白だ。肩や腕《うで》、足、左右、ランダムに撃《う》ち抜いていって、きっちり対象に弾痕《だんこん》が刻まれていく。

「頭！」

ガウン！

ガガガガガガウン！

戦争になっても、一発で致命傷《ちめいしょう》となる場所への発砲は、できるだけ避《さ》けようという紳士《しんし》協定がある。軍人は、殺戮《さつりく》者ではないのだ。負傷させ、戦線を離脱《りだつ》させれば、敵の兵士の数は減る。

兵力を削《そ》ぐことが目的ならば、兵士の命を奪《うば》う必要はない。本当にうまく狙い撃ったなら、弾《たま》は臓器や神経を傷つけることなく、傷は後遺症《こういしょう》もなく完治する。名誉《めいよ》の負傷を自慢《じまん》できるのは、優秀《ゆうしゅう》な兵士のいる部隊と一戦交えた者だけだ。優《すぐ》れた兵士は、人の命を奪うことなく、多くの手柄《てがら》を立てられる。

一発で致命傷となる、頭や左胸への発砲訓練は、怪物《かいぶつ》を殲滅するのに必要なものだ。確実に命を奪う為《ため》に、引き金を引く。一撃《いちげき》で仕留められず手負いにした場合、かえって危険なことになるので、必殺必中でなければならない。

(本物だな、お前は……)

的を確実に撃ち抜くレオニールに、フェルナンドは感服する。

傷つけ、命を奪う武器を用い、技術を駆使《くし》して、レオニールは人を守る。戦いの中でも、混乱の中でも。

的に一通り穴が開いて、レオニールは構えていた銃剣《じゅうけん》を下ろした。

的を使う訓練では、レオニールは同じ位置に弾を当てる。これ以上撃っても、一緒《いっしょ》に射撃訓練している他の者たちに、レオニールがどこを狙い撃ったのかわからない。

同じ場所を狙い撃ったものの、他の者たちの的の弾痕は、得手不得手があるらしく、ばらつきがある。

（思ったより、外してしまったぞ）

人気急上昇《じょうしょう》中の、憧《あこが》れのレオニール隊長の前で、いい格好を見せたかった兵士は、思い通りにいかず、臍《ほぞ》を噬《か》む。

（レオニール隊長が巡回《じゅんかい》勤務に復帰したとき、欠員があれば、小隊に入れてくれないかな）

（目に留まるような成績を残したかったなぁ）

格好をつけたくて、いくらか欲をかいた射撃は、緊張《きんちょう》していたせいか、誰のものもお世辞にもいいとは言えなかった。

「訓練するのは、上達する為だ。実戦で狙いを外さなければそれでいい！」

全員の的の状態を一瞥《いちべつ》したレオニールの言葉に、若い兵士たちは敬礼する。

「は！」

駄目《だめ》の烙印《らくいん》を押すのではない上官に、救われた気がした。

「各自、狙いが正確でなかったところを重点的に訓練しろ！」

「はい！」

銃剣も持たずに射撃訓練場を訪《おとず》れたフェルナンドが、レオニール小隊の副隊長であることは、この寮にいる者なら誰でも知っている。射撃訓練をしに来たのではないのだから、レオニールに用があるのに違いない。

「ありがとうございました！　レオニール隊長！」

声を揃《そろ》えて言い、一礼する若い兵士たちに、微笑《ほほえ》んだレオニールは、軽く片手を上げて応《こた》えてから、フェルナンドに振《ふ》り向く。

「よぉ、フェル」

「……戻《もど》るぞ」

背を向けたフェルナンドに続いて、ヘッドホンと銃剣を置いたレオニールは、地下射撃訓練場を出た。

銃器類《じゅうき》を扱《あつか》うには、弾丸を発射する際にかかる反動を受け止める力が必要だ。銃を支えきれなければ、せっかく狙って撃っても、弾はあさっての方向に飛んでいく。軍支給の銃剣は、威《い》力《りょく》があり射程が長いが、その分反動が大きい。続けて何十発も撃てば、反動を殺すことによる疲労《ひろう》のために、次第《しだい》に狙いは狂《くる》っていく。どれぐらいのペースで何発正確に撃てるか。それを確実に知る方法は、訓練と経験しかない。

レオニールが射撃で一目置かれているのは、最後まで正確に的を撃ち抜《ぬ》くことができるからだ。怪我《けが》で療養《りょうよう》中ということで、ここしばらく部屋から出ることもなく、銃を撃つこともなかったが、そんなブランクをまったく感じさせない見事な射撃だった。

レオニールが名札の上にかけたプレートを外すのを待ち、無言のまま階段を上がり、フェルナンドはレオニールの部屋に入る。ずっと背を向けたままだったフェルナンドに、レオニールは気まずい思いで、前髪《まえがみ》を掻《か》き上《あ》げる。

「……軽い食事と飲み物を都合する為に、下に降りたんだ。そこに居合わせた連中に、具合はどうなのかと尋《たず》ねられて。少しだけ、射撃《しゃげき》練習に付き合うことにしたんだ。的一枚分しか、撃ってないぞ？」

地下射撃訓練場を使用している旨《むね》を示すプレートを名札の上にかけたレオニールは、勤務を終えたフェルナンドが寮《りょう》に帰ってきていたことに気づいていただろう。部屋にいなければフェルナンドが自分を探すことは想像できただろうから、本当にほんの少し、射的を楽しむ程度の気分で地下射撃訓練場に下りたはずだ。最初から地下射撃訓練場に行こうと考えていたならば、訓練場に置いてある銃剣など使わず、部屋から自分の銃剣を持ち出している。

「わかってるよ」

小さく溜《た》め息をついて、空気の入れ替《か》えの為に開かれていた窓を閉め、フェルナンドはレオニールに振り向く。

「ベルナルド伯爵が行方《ゆくえ》不明だ」

唐突《とうとつ》に言い放たれた言葉に、レオニールはゆっくりと瞬《またた》く。

「――――弟のほうか？」

「兄君のほうだ……！　今日の午後、出かけられたときに行方知れずになった。お屋敷では、大変心配されている」

「わかっているだけの状況《じょうきょう》を聞こう」

フェルナンドに椅子《いす》に腰《こし》を下ろすよう促《うなが》し、レオニールは耳を傾《かたむ》ける。

「暴走馬車の衝突《しょうとつ》事故……」

「負傷者もかなりの数が出ている。救急車で搬送《はんそう》された怪我人のなかに、伯爵らしい姿はなかったようだが。伯爵が屋敷の者に連絡《れんらく》もいれず、行方を晦《くら》ますとは考えられない。何かが起こっている」

「……特に危機的状況ではないな」

思案して、断言するレオニールに、フェルナンドは眉《まゆ》を顰《ひそ》める。

「どうしてそう言い切れる?」

「俺がそう感じるからだ。俺の血は、まだあいつの中にある」

響《ひび》きあう鐘《かね》の音を聞きながら、レオニールは昨夜伯爵に血を与《あた》えた。脈打ちレオニールの身体《からだ》を流れる血と、受け取られて伯爵の内を巡《めぐ》る血が、呼び合うようなものを感じた。そして、供給する立場にある給血鬼のレオニールには、呪《のろ》われた血を求めるモノがいれば、それに応えようとする生理作用が働く。レオニールが与えた熱い血の力を使い果たし、伯爵の血が冷えるような状態になれば、レオニールはそれに呼応するように血が熱くなり、血を持て余して落ち着かなくなる。

「伯爵は、それほど遠くには行っていない」

まだ完全に対の関係になかった伯爵が、ハニーデュークの手引きで都を離《はな》れたときのような焦燥《しょうそう》を、レオニールは感じない。

「だが……」

「あぁ。何かあるのだろう」

吸血鬼化してしまうほど、ベルナルド伯爵は責任感が強い。屋敷の者たちが心配するとわかっていて、何の連絡もしないのは、明らかにおかしい。

「行方知れずになったのが、弟のほうでなくて幸いだ。どいつもこいつも見た目に騙《だま》されているが、あの伯爵がしおらしいのは、外見だけだぞ」

「いや、それは……、そうかもしれないが」

否定するのもしないのも、失礼な感じがして、フェルナンドは言葉を濁《にご》す。弟伯爵が取り乱す姿は容易に想像できても、兄伯爵が取り乱す姿は、想像できない。

「日が暮れたら、捜しに行く。それでよいだろう?」

「おい、レオン……!」

仕方なくとか、間に合わせのようにも聞こえる言葉に、難色を示すフェルナンドに、唇《くちびる》を舐《な》めてレオニールは笑う。

「どこに行こうと見つけるさ。あれは俺のモノだ。俺からあいつを奪《うば》い取ろうとするヤツなんて、許さない」

青い瞳《ひとみ》の奥に揺《ゆ》れるのは、どす黒い狂気《きょうき》。何もかも灰に変えて消し去る苛烈《かれつ》な炎《ほのお》に似た、強烈《きょうれつ》な破壊《はかい》の衝動《しょうどう》。

「レオン……?」

(これは……誰《だれ》だ?)

誰より近くにいた友人であるはずの男を見つめながら、フェルナンドは瞳に困惑《こんわく》の色を浮《う》かべる。目の前にいるのは、レオニール以外にありえないのに。

ベルナルド伯爵と出会い、有り余る熱い血を伯爵に与えることで、レオニールは落ち着いたのだとフェルナンドは思っていた。だが何か、違《ちが》う。

混乱は、未知なるモノへの不安と脅《おび》え。レオニールがただ戸惑《とまど》い、持て余していた時は終わった。ここにいるのは、人を超《こ》えた力を駆使《くし》する術《すべ》を知ったモノ。

(俺の知っているレオンは、もう、いないのか——?)

レオニールを蝕《むしば》むのは、緩《ゆる》やかに襲《おそ》い来る狂気か、それとも。

「フェル? おい、どうした?」

問いかけるレオニールの表情は、いつも見慣れた、フェルナンドのよく知るもので。

青い瞳の奥にも、あの背筋の凍《こお》るような冥《くら》い狂気のきらめきはない。

(あ、れ……?)

思考の海に沈《しず》んでいたフェルナンドは、ぱちぱちと瞬く。

(気の、せい、か……)

思い違いにしたいのは、真実から目を背《そむ》けたい心の働きであることを、フェルナンドは冷静に自覚する。気持ちが、逃《に》げを打っている。フェルナンドは、フェルナンドだけは、レオニールから逃げるわけにはいかないのに。

（いつの日か、俺が止めなくてはならないのは、あの『狂気に支配されたレオン』だ）

「いや、何でもない」

薄《うす》く笑って、気を回すなと首を振《ふ》るフェルナンドに、レオニールは眉を顰める。

「そうか？　軍のほうでも、何かあったのではないか？　悪いが、もう少し頼《たの》むぞ。俺が出て行けるのは、明後日からだからな」

勤務許可が出た途端《とたん》に、元気いっぱい飛び出していきそうなレオニールにフェルナンドは苦《く》笑《しょう》する。

「勤務といっても、お前はしばらくデスクワークだよ」

「そうなんだよなぁ……！」

情けない顔で頬杖《ほおづえ》を突《つ》くレオニールの肩《かた》を、フェルナンドは叩《たた》く。

「がんばってくれ。書類はたっぷり溜まってる」

一時的に別の隊に組み入れられていても、レオニール小隊の隊員たちが勤務した仕事の書類は、小隊長であるレオニールのところに回される。

ますます苦虫《にがむし》を嚙《か》み潰《つぶ》したような顔になるレオニールに、フェルナンドは快活に笑った。

「伯爵の件は、もう少し調べてみる」

人が一人、煙《けむり》のように消失してしまうことなど、絶対にありえない。連れ去られたか、付いていったか。とにかく、予定外の何かが、伯爵の身に起こったのだ。

「あぁ。何かわかったら知らせてくれ」

「それと。隊長殿《どの》、射撃訓練場への出入りは、禁止だ。わかったな！」

デスクワークから穏《おだ》やかに勤務に復帰する怪我《けが》人が、絶好調で銃《じゅう》を撃ちまくっていてはいけない。まださっきの一度だけなら、勤務に復帰する不安解消の為《ため》とか何とか、適当なことを言って誤魔化《ごまか》せる。

「了解《りようかい》」

人差し指を突《つ》きつけ、怖《こわ》い顔で念を押すフェルナンドに、レオニールは両手を上げた。

フェルナンドは寮を出て、もう一度、伯爵の消えた場所に足を運ぶ。


——俺からあいつを奪い取ろうとするヤツなんて、許さない。

一人になったレオニールは、吐露《とろ》した言葉を頭の中で反芻《はんすう》する。

（あの後、続けて俺は何と言おうとした……？）

──誰デアロウト、殺シテヤル。

そう、間違《まちが》いなく、それだ。

(俺が命を奪うのは、あの、怪物《かいぶつ》だけ、の、はずなのに……)

俯《うつむ》いたレオニールは、左手で顔半分を覆《おお》う。

膨《ふく》れ上がる殺意は、何が対象であろうと、何ら変わりはなかった。

瞼《まぶた》の裏に残る『赤』。怪物の身体から赤い蝶《ちょう》の飛び立つ瞬間《しゅんかん》、歓喜《かんき》する己《おのれ》に、レオニールは気づいている。人と怪物は外見や力は違うが、身体の内部に差異は見られない。殺戮《さつりく》対象が人になったとしても、飛び立つ赤い蝶に───。

(きっと俺は歓喜する……。引き裂《さ》いてしまえば、人も怪物も、同じだ……)

どんな悪人であれ、命はひとつだ。軍人となったレオニールは、戦う強い力を望んだが、それは大切なものを守る為の力だ。人の命を奪う為に、軍人になったのではない。裁くのは法であり、法廷《ほうてい》での判決もないまま、軍人が独断で死刑《しけい》を執行《しっこう》することはできない。

常識とレオニールの抱《いだ》く理想に反して、凄惨《せいさん》な殺戮を望み、赤を強く欲するモノが、レオニールの中に潜《ひそ》んでいる。

(もしも……)

レオニールは膝《ひざ》の上に置いた手を、ぎゅっと握《にぎ》り締《し》める。

(俺から伯爵を遠ざけようとするのが、フェルだったなら───)

フェルナンドはレオニールの親友であり、レオニールの為にならないことはしない。レオニールに間違いがあるなら、必ず諭《さと》してくれる。それはわかっている。わかっているのに。

(俺は、フェルを……)

殺そうと、する。この手でフェルナンドを引き裂き、その身体《からだ》から赤い蝶を解き放つことを、願う――。

(くそ!)

想像するだけで、襲い来る甘美《かんび》な誘惑《ゆうわく》に、ぶるっとレオニールは身震《みぶる》いする。戦慄《せんりつ》と歓喜、どちらでもあるそれに、レオニールは唇を噛む。

(もしも、そんなことになったのなら、躊躇《ためら》うな、フェル……)

チャンスはおそらく一度。一度で止められなければ、レオニールがフェルナンドを殺す。

(お前を手にかけようとするのは、俺の姿をした『怪物』だ……!)

見知った姿形をしているだけ、都の夜を恐怖《きょうふ》に陥《おとしい》れている、あの怪物たちよりも、きっともっと始末が悪い。

(できることなら――)

祈《いの》るように、レオニールは思う。

(俺が世界で最後の『怪物』であれば、いい)

そうならば、あの金の髪《かみ》の少年伯爵は、もう怪物に追い回されることはない。

それはきっと、生涯《しょうがい》最後の約束になるから。

（確実に、殺してやるよ、レオン……）

俯いて歩きながら、フェルナンドは強く思う。

（そのときは、地獄《じごく》まで一緒《いっしょ》に墜《お》ちよう）

狂気《きょうき》に支配されたレオニールと対峙《たいじ》して、フェルナンドは自分が無事でいられるなどとは思わない。自分の命を捨てる覚悟《かくご》がなくては、レオニールを倒《たお》すことはできない。

（お前は何も悪くないよ、レオン）

あらゆるものを敵とみなし、激しい憎悪《ぞうお》を抱いて、どんな殺戮も厭《いと》わなくても、ただ本能のまま突き進むレオニールに、悪意など微塵《みじん》も存在しない。

あるのはただ、ひたむきで純粋《じゅんすい》な思い。

（お前は何も悪くない）

第六楽輪　万緑叢中紅一点

暴走馬車による事故現場で、乗客と間違《まちが》えてベルナルド伯爵を乗せた乗合馬車は、まるで追われてでもいるかのように慌《あわ》ただしく発車した。あまりに勢いよく走り出した為、座席にいる者の上にバランスを崩《くず》した者が重なり、立ったままの乗客の身体は、斜《なな》めになって固まる。乗客の間に挟《はさ》まったときに、妙《みょう》な具合になったらしく、伯爵は足が床《ゆか》に着いてもいない。

（わたしの足の下にあるのは、誰《だれ》かの足か？）

床の代わりに踏《ふ》みつけているのは、荷物ではないようだが、身動きがとれず改善できないし、伯爵自身に不都合はないので気づかないことにしておく。

（潰される……！）

伯爵は腕《うで》を曲げて肘《ひじ》を突っ張《ぱ》り、強引《ごういん》に空間を確保した。胸の前に隙間《すきま》がないと、潰されるだけでなく呼吸困難に陥《おちい》る。伯爵が突っ張っている肘の当たっている者は痛い思いをしているだろうが、痛苦しくて迷惑《めいわく》しているのは、おそらく車内の乗客全員だ。悪意あっての行動ではないし、窮屈《きゅうくつ》で痛いのはお互《たが》いさまなので、誰かに文句を言われることもなかった。

（血の無駄遣《むだづか》いだな、これは）

居場所を保持し、潰されないよう頑張《がんば》りながら、伯爵は胸の内で舌打ちする。昨夜レオニールに分けてもらったばかりの温かい血の力が、どんどん消費されていくのがわかる。

（いつまでなのだ⁉）

温かい血が消費され続けて欠乏《けつぼう》することになれば、伯爵にそのつもりがなくとも、周りから生気を吸収するようになってしまう。悪くすれば、大勢の者たちの命にも関《かか》わる。

（その前に、馬車の屋根を破って抜《ぬ》け出さねば……！）

乗合馬車が突然爆発《とつぜんばくはつ》するような感じで、原因不明の事故になるだろうが、他《ほか》に手はない。脱《だっ》出《しゅっ》する頃合《ころあ》いを間違えば、甚大《じんだい》な被害者《ひがいしゃ》を出した挙げ句、伯爵は血が凍《こご》えて身動きすら取れなくなる。

乗客が男ばかりの乗合馬車の車内は暑い。風通しが悪いことに加え、ぎゅうぎゅう詰《づ》めになっている男たちの体温が高いからだ。

（こんなに暑いのに……）

身体を流れる温かい血が着実に冷えていくのを、伯爵は感じる。熱く脈打つ血のたっぷり詰まった身体が何十とあっても、伯爵はどれにも食指が動かない。誰の血も、伯爵を温めることはできない。

（レオニール――）

あの男の熱い血だけが、欲しい――。

苦しい時間は、長く感じる。実際、馬車が速度を上げていたのは、事故現場を離《はな》れて次の角にさしかかるまでの間だった。

角を曲がるため、馬車が速度を落とす。

馬車が減速して、ようやく傾《かたむ》いていた乗客の身体が真っ直《す》ぐになりだす。前方から順番に、後ろの人間に伸《の》しかかっていた者が足場を変えて退き、不自然だった姿勢が楽な形に変えられる。通路を塞《ふさ》いでいたり、空いていた座席に斜めに載《の》っていた荷物が退けられて網棚《あみだな》に片づけられ、混雑していることには変わりないが、乗客たちは少しだけ楽に呼吸できるようになった。

ふうと一息つく乗客の中、伯爵だけはまだ肩《かた》の力が抜けない。

(気づかれる、か……?)

乗合馬車が横倒《よこだお》しになった後に増えた、予定外の乗客である伯爵は、大男の横の座席の隙間に上手に腰掛《こしか》け、通路や他の座席を隙間なく埋《う》めている乗客の様子を気にする。しかし、旅行用らしい荷物を持った乗客たちは、お互いに顔見知りではないらしく、伯爵の存在を不審《ふしん》に思う者は誰もいなかった。

目深《まぶか》に被《かぶ》ったフードの陰《かげ》から、乗客たちを観察し、伯爵は考える。

(考古学者のエルンストは鉱夫頭《がしら》の『ダルドリー』のところで働くと言った後に失踪《しっそう》した。おそらくこの連中は、新しく集められた鉱夫、だと思うが……)

これから同じ場所で働く仲間になるはずなのに、同じ馬車の隣《となり》に座っても一言の会話もないのは、どうにも異様だ。まるで――。

（わざと馴《な》れ合わないようにしている？）

親しくなるのを意識的に避《さ》けているようにも見える。

（気安く話しかけられないのは、助かる）

金の髪の見目麗《みめうるわ》しい少年伯爵は、肉体労働とはおよそ無縁《むえん》の容姿をしている。間違《まちが》いで放《ほう》りこまれたのでなければ、この乗合馬車に乗せられる前に、現場での労働は不向きと、顔を見せただけで断られていたはずだ。

（どこまで行けるか、やってみようではないか）

温かい血が足りている今なら、多少の無茶《むちゃ》もできる。

ダルドリーはエルンストや失踪した男たちの行方《ゆくえ》を知っている。そのことを探《さぐ》ろうとしたフェルナンドは、殺し屋に命を狙《ねら》われた。何もかもいいようにやられっぱなしで、伯爵はまったく気に食わない。

（陰で糸を引いてるのは、誰だ⁉）

腕のいい殺し屋を雇《やと》うには、相応の金額がかかる。それほどまで、調べられたくないのは、いったいどんなことだというのか。

（国王陛下のお膝元《ひざもと》で、軍人に銃口《じゅうこう》を向けるのは、反逆罪に値《あたい》する……！）

伯爵の都合で動いてくれていたとはいえ、王立軍レオニール小隊副隊長であるフェルナンドを、あろうことかこの都で狙撃《そげき》するとは。

吸血鬼化して、爵位《しゃくい》も家督《かとく》も弟に譲《ゆず》ったベルナルド伯爵だが、貴族としての誇《ほこ》りと正義まで失ってはいない。

乗合馬車は一度も止まらず、乗客を増やすことも減らすこともなく、目的地に向かう。間違って伯爵が乗せられた場所から、どんどん遠ざかり、屋敷《やしき》とは関係のない方向に走っていく。

(屋敷の者たちが、心配するだろうな。しかし、これだけ血を使って、わかったのがダルドリーの顔だけというのは割りが合わぬ)

心配をかけるとわかってはいるが、今はまだここを去る時ではない。せめてもう少し、何かを摑《つか》みたい。

考古学者のエルンストは、鉱夫として働きに出ると言っていた。都に職探しに来た余所者《よそもの》ばかりに見える、この乗合馬車の乗客も、鉱夫として働けそうな体軀《たいく》の者ばかりだ。伯爵はてっきり、このまま都の外に出るものだと思っていたのだが、乗合馬車は伯爵の予想に反して都の門を抜けることはなかった。

伯爵たちを乗せた乗合馬車は、追跡者《ついせき》を振《ふ》り切るかのように、何だかやたらと角を曲がりながら通りを進み、やがて寂《さび》れた倉庫街に入った。高く積み上げられた樽《たる》で袋小路《ふくろこうじ》になった場所に入った乗合馬車は、そこで停車する。

(ここか?)

こんな場所で下りろと言われるのだろうか。伯爵は昇降口《しょうこうこう》を気にしたが、御者台《ぎょしゃだい》を下りた御者とダルドリーは昇降口の扉《とびら》を開くことなく、どこかに用意していたらしい大きな布を車体にかけて、馬車を覆《おお》い隠《かく》すようにした。

光の入り口が布で閉《と》ざされ、突然薄暗《とつぜんうすぐら》くなった車内でざわつく乗客に、外から男が怒鳴《どな》る。

「もう少しのあいだ、おとなしく乗ってな！」

（あの声は、ダルドリーだな。幌《ほろ》付きの荷馬車に変えたつもりか？）

伯爵は眉《まゆ》を顰《ひそ》める。屋根に布を被せたことで、たぶん乗合馬車は幌付きの荷馬車のような格好に見えているに違《ちが》いない。子供騙《こどもだま》しの方法でも、一瞬《いっしゅん》見失わせることができれば、行方を晦《くら》ますのは造作もない。

外見を変えた乗合馬車は、来た道を戻《もど》ることなく走り出す。

（……行き止まりではなかったか？）

樽が高く積み上げられていて、壁《かべ》のようになっていて。

（いや、行き止まりのように見えていただけか）

常に塞がっている道ならば、そこを通ろうとする者はいない。

（これは思った以上に、手がこんでいて、根深いぞ……）

本当に鉱山に向かうかなんて、まったく怪《あや》しいものだ。

視界を塞がれ、どこに向かうかわからない乗合馬車の中で、伯爵はますます渋《しぶ》い顔になる。

（まさかとは思うが、『赤毛のノーマン』に繋《つな》がっているのではないだろうな）

顔を潰《つぶ》されて、ニトファーナの修道院にベルナルド伯爵の命を狙いにやって来た『ザッキス』。怪しいことが、こんなにごろごろ転がっていられては、困る――――!

(しっかり取り締《し》まらんか、馬鹿者《ばか》!)

伯爵は脳裏《のうり》に思い描《えが》いた黒髪《くろかみ》の青年将校を罵倒《ばとう》する。

(何のために、都の巡回《じゅんかい》をしておるのだ!? 呼びもしないのに、屋敷に押しかけてくるから、都の治安が乱れるではないか!)

しかも訪問を受けると、いつも有無《うむ》を言わせぬ勢いで伯爵は攫《さら》われる。強引《ごういん》で自分勝手で、無礼で……。


ひとしきり罵《ののし》っていたところで、馬車が止まった。

昇降口が開かれる。

「荷物を持って下りろ!」

馬車を覆っていた布が完全に取り除《の》けられたわけではないので、よくわからないが、昇降口から見える車外の様子も、車内と似た感じで薄暗《うすぐら》い。

(屋内か?)

伯爵は男たちに交じって、乗合馬車から下りる。

下りた場所は、どこかの倉庫の一室のようなところだった。たいして広くない場所に、馬車が入り、三十人以上はいるだろう大勢の男が下車したせいで、とても狭《せま》い。周囲は煉瓦《れんが》で囲まれて窓はなく、ダルドリーと御者だった男の持っているランプの光だけが光源だ。

他《ほか》の男たちに比べて、伯爵は頭ひとつは背が低い。悪目立ちするはずの伯爵は、荷物が触《ふ》れ合うほど混《こ》み合いながら立っている男たちのなかにいると、被っているフードのせいでまるで荷物の袋《ふくろ》のように見えて、誰《だれ》にも関心を払《はら》われることはなかった。

「奥に進め！」

ダルドリーが腕《うで》を上げて指し示す方向に、出入り口らしいものがある。男たちはぞろぞろと、そちらに移動したので、伯爵も人波とともに移動する。

壁に燭台《しょくだい》のある暗い通路のような場所を通り、階段を下って、その先で待っていた男の指示で、部屋のひとつに入る。全員が入ったところで、外から扉が閉められた。廊下《ろうか》から入りこんでいた光がなくなり、部屋は真っ暗になった。音を立てて錠《じょう》の下ろされた扉の内側に、ドアノブはない。

（これは……）

部屋に入ったはいいが、出ることはできない。

ダルドリーたちの意図が見えず、伯爵は眉を顰める。

周りの男たちがざわつきはじめた頃《ころ》、部屋の奥の方で、しゅっと音がして明かりが灯《とも》った。

「――――ディンプス兄弟の部屋へようこそ、新入りども……！」

部屋の奥――――、マットレスを積み上げて一段高くした場所に座った髭面《ひげづら》の男が、振り向いた伯爵たちに笑った。

（悪人面《づら》だ）

見た目で決めつけるのもどうかと思うが、しかしディンプスという男はそう考えるのがぴったりの、全身から凶悪《きょうあく》さの漂《ただよ》う男だった。ディンプスの近くには、これもやはり柄《がら》の悪い男が三人、ワンレングスの男とドレッドヘアーの男と、腕に刺青《いれずみ》を入れた男が控《ひか》えている。弟たちはディンプスと違って髭《ひげ》がないせいか、むさくるしさもなく、いくらか歳が若い分、悪人面でもまだ正視に耐《た》える。

ディンプスたち四人を見て、集められた男たちが怪訝《けげん》に思い、緊張《きんちょう》するのが、伯爵にも伝わる。兄弟と言ったところから考えるに、横の三人は、ディンプスの弟たちなのだろう。顔つきや髪《かみ》や目、肌《はだ》の色合いが似ている。

一段高い場所から、男たちをじろりと見回し、ディンプスは言う。

「ダルドリーから、仕事のことは聞いてるな？　働いてもらうのは、この先の地下。報酬《ほうしゅう》は一月《ひとつき》で金貨十枚。一般《いっぱん》の相場で考えりゃ破格に割りのいい仕事だ。お前らは、その金に釣《つ》られて集まったんだよなぁ」

一月働いて金貨十枚と聞き、伯爵は驚《おどろ》く。

（鉱山の労働なら、日当は銀貨が相場だぞ……！　一月毎日働いても、金貨三枚だろう⁉）

労働に賃金を支払《しはら》う立場にあった伯爵は、日当の相場を知っている。低すぎる日当では労働力の確保は難しいし、相場からかけ離《はな》れた高い日当を提示すれば、領地に大勢の余所者が入りこむようになって、治安が悪くなり、領地が荒《あ》れる。

労働の基準時間を長くし、危険な場所で作業させるのならば、その分、日当に上乗せするのが決まりだが、それでも通常の三倍強というのは非常識も甚《はなは》だしい。本当にそれ相応の仕事量をこなすのだとしたら、いくら働き盛りの健康な若い男性でも身体《からだ》を壊《こわ》すし、悪くすれば死んでしまう。

「この部屋を出て、作業につけるのは、一日に五人。五人ずつ、ここから出ていってもらう。さぁ、一番にここを出たい奴《やつ》は、誰だ？」

よく見ると、座っているディンプスの背後にあるのは、この部屋のもうひとつの扉だ。外から閉められてしまった入り口の扉と、中から外に出られる出口の扉。ディンプスの首にかかった鎖《くさり》には、扉の鍵《かぎ》があり、ディンプスは扉を開閉する権限を持っている。

「俺だ！」

「俺も！」

「俺も！」

先に部屋を出た者から仕事にありつけるとわかって、集められた男たちが色めき立つ。

（都の下に作業場があるのか……？）

ここから本当に、男たちを作業に向かわせるのならば、作業場所として考えられるのは、地下しかない。驚き考えて、伯爵は幼い頃に見た古い絵本を思い出す。

（そうだ、都は、鉱山の上に作られたのだ……）

それは、遠い遠い昔の話。

豊富な地下資源が埋《う》まっていた土地の上に、賢《かしこ》き王様は都を作った。

絵本の中で、ざくざくと無尽蔵《むじんぞう》に産出される、金や宝石。夢のようなお話だから、それを真実だと思ったことはなかったが、誇張《こちょう》されていたとしても、本当にそんなことがあったのかもしれない。

そうならば――――。

(怪物《かいぶつ》が利用しているかもしれない地下通路は、坑道《こうどう》の跡《あと》だ……)

何百年も前に塞《ふさ》がれ、人々の記憶《きおく》からも失われたものだが。

地下資源はまだ、密《ひそ》かに採掘《さいくつ》されていた、のだろうか――――。


我先にと、ディンプスのところに押し寄せようとする男たちを見て、横に控えていた一番若そうな男――――二の腕に刺青を入れた男が、足元にあった一斗缶《いっとかん》を乱暴に蹴飛《けと》ばした。

ガンという激しい音に驚いて、前に出ようとしていた男たちの動きが止まる。

「やいお前ら！　慌《あわ》てるんじゃねぇ！　順番だよ！　順番！」

「通行料は、金貨一枚だ」

一斗缶を蹴《け》ったタトゥーに続いて、ディンプスの提示した金額に、前に出ようとしていた者たちは、思わず一歩後ろに下がった。先に部屋を出たいと大きな声を出した者も、視線を泳がし、顔を伏《ふ》せる。貴族や将校、高級品を多数扱《あつか》う商人でもない限り、一般の者が金貨を所持する機会はほとんどない。金が欲しくて、過酷《かこく》な肉体労働も厭《いと》わず集まった者たちが、金貨なんて持っているはずがない。

一気にしんとなってしまった男たちを眺《なが》め、ディンプスは笑う。

「おいおい……！　これから金貨十枚稼《かせ》ぐんだろう？　たった一枚ぐらい、いいじゃねぇか」

ディンプスは笑うが、金貨十枚が手に入るのは、働き終わった一月後だ。今この場にないものを差し出すことはできない。

「仕方ねぇな」

ディンプスに目配せされ、横にいた弟たちが、近くにいた男たちから荷物を奪《うば》い取った。

「何をするんだ!?」

「やめろ！」

「返せ！」

「うるせぇ！」

荷物を奪われまいと抗《あらが》う者を、ディンプスの弟たちは容赦《ようしゃ》ない暴力で黙《だま》らせた。手加減なしの蹴りや拳《こぶし》をくらった者たちは、声もなく床《ゆか》に膝《ひざ》をつく。

「おいおい……、これから働こうって、大事な働き手に、乱暴すんじゃねぇよ。使い物にならなくなったら、大変だろうが」

たいして大変でもなさそうな声で言って、ディンプスは笑う。

「何も盗《と》ろうってんじゃねぇよ。担保だよ、預かり。金貨一枚の代わりになりそうな物のある奴から、先に出してやるよ。俺らはここの扉番《とびら》だ。どこにも行きゃしねぇ。預かった物は、帰りに取りに来ればいい。金貨一枚と交換《こうかん》だ。それができない奴は、ここにいる間の食《く》い扶持《ぶち》から、支払ってもらう。どうだ、簡単なことだろう?」

「……冗談《じょうだん》じゃねぇぞ……!」

誰かが低い声で吐《は》き捨てるように呟《つぶや》いた。

荷物を預けるとしても、おそらく金目のものを多く持っている者から部屋を出られるのだろうし、帰りに荷物を引き取るとしても、まともにすべてが戻《もど》ってくるという保証はない。これから過酷な肉体労働をしようという者にとって、食事は重要なエネルギー源だ。それを削《けず》るなんて、とんでもない……!

「その扉を開けろ!」

「そこを退《ど》けぇ!」

集められた者のなかでも、いくらか腕に覚えのある者が、ディンプスとその弟たちに向かっていった。乗合馬車で連れられてきた者は、人数ならディンプス兄弟に勝っている。不当な取引を、甘んじて受け入れることはない。果敢《かかん》に向かっていく者たちの姿に、俄《にわか》に活気が戻る。

大勢で一気に襲《おそ》いかかれば、四人ぐらい――――!

「いいねぇ、生きのいい連中は!」

い。

「おい、可愛がるのもほどほどにな」

「殺すんじゃねぇぞ」

ディンプスの弟たちは、襲いかかってくる男たちを迎《むか》える。室内は突如《とつじょ》として、乱闘《らんとう》の場と化した。男たちが誰《だれ》一人として、ディンプスたちに剣《けん》や銃器《じゅうき》を向けないのは、馬車に乗る前に物騒《ぶっそう》な武器を取り上げられているからに違《ちが》いない。鉱山で働くのに、普通《ふつう》は武器なんて必要ない。

（……まぁ、展開としては、こんな感じだろう）

目立たないように男たちの間に身を潜《ひそ》め、黙って成り行きを見守っていた伯爵は、邪魔《じゃま》になるからと部屋の後ろに投げられた荷物の間にこっそりと隠《かく》れる。

おとなしくディンプス兄弟の言うことに従って搾取《さくしゅ》されるか、抵抗《ていこう》を試みて不当な要求を敢《かん》然《ぜん》と退けるか。あの扉の鍵を奪えば、状況《じょうきょう》は一変する。

しかし、抵抗は次第《しだい》に無惨《むざん》な様相となる。数で凌駕《りょうが》しようとも、ディンプス兄弟を敵に回すのはあまりにも無謀《むぼう》だった。これまでに何度もこういうことを繰《く》り返しているのか、ディンプスの弟たちは相当に喧嘩《けんか》慣れしていた。的確な位置に攻撃《こうげき》を加え、次々に男たちを叩《たた》きのめしていく。一段高い位置に座ったまま、弟たちに指示を与《あた》えるディンプスに、誰一人として近づくこともできない。

金儲《かねもう》けの為《ため》に我先にと、部屋から出たがる男たちをまとめるために、部屋の主《あるじ》たるディンプス兄弟の存在は、きっとここでの必要悪なのだ。連れられてきた男たちだけで、乱闘になった場合、悪くすればそのせいで死人が出る。

ディンプスの弟にやられた者は床に沈《しず》み、戦意を喪失《そうしつ》した者は、これ以上の暴力を嫌《きら》って壁際《かべぎわ》に下がる。殴《なぐ》る蹴るに及《およ》ぶ前に荷物を差し出されたディンプスの弟たちは、遠慮《えんりょ》なくその荷物の中身を確認《かくにん》する。

「何だ、案外持ってるじゃん」

ワンレンが短く口笛を吹《ふ》き、ドレッドは中身を確かめた鞄《かばん》を高く持ち上げる。

「おーい、この銀の時計が入ってる鞄、誰のだー？」

離《はな》れた位置でワンレンとドレッドの声を聞いていた伯爵は、ぐいと腕《うで》を摑《つか》まれ、そのまま軽々と持ち上げられる。

（え？）

離れた場所に転がっていた荷物から、たまたま伯爵を摑んで持ち上げたタトゥーは、摑んだものが小柄《こがら》な少年の腕だとわかって驚《おどろ》いた顔になり、そして大口を開けて笑う。

事情があって生まれた土地を離れることになったものの、頼《たよ》れる身寄りや任せられる者が誰もおらず、幼い弟妹を連れて地方を流浪《るろう》する労働者は少なくない。まさか、ここにもいるとは、思ってもいなかったが。

「こいつぁ、誰の『お荷物』だぁ？」

大笑いしながら振《ふ》り返ったタトゥーは、手にぶら下げた子供を皆《みな》に晒《さら》した。荷物のように振り回された反動で、目深《まぶか》く被《かぶ》っていたフードが、ぱさりと後ろに落ちる。

露《あらわ》になったのは、薄暗《うすぐら》い蠟燭《ろうそく》の光にも神々《こうごう》しいばかりに輝《かがや》く金の髪《かみ》。透《す》き通る菫色《すみれいろ》の瞳《ひとみ》をした、美麗《びれい》な面《おも》差《ざ》しの少年――。

大笑いしたタトゥーの声で注目した者たちは、およそ場違《ばちが》いな少年の姿に目を瞠《みは》り、息を呑《の》んだ。

第七楽輪　綺麗な花には

昨夜は響《ひび》き渡《わた》る荘厳《そうごん》な鐘《かね》の音を聞きながら、吸血という禁忌《きんき》行為《こうい》に及んだ。

それは人には許されない、呪《のろ》わしい儀式《ぎしき》、なのだが――。

「楽園の美酒……」

ついと伸《の》ばされた指先で、赤く濡《ぬ》れた唇《くちびる》を撫《な》でられ、軽く肩《かた》で息をしながら、伯爵は眉《まゆ》を顰《ひそ》める。

「何だ？」

熱い血で身体《からだ》を潤《うるお》し、頬《ほお》をバラ色に上気させる金の髪の少年伯爵を、レオニールはうっとりと見上げる。透き通るような白い肌《はだ》も似合っているが、血を摂取《せっしゅ》した後の血色のよい伯爵は、熟した果実か甘い菓子《かし》のように、よりふんわりと柔《やわ》らかそうで艶《あで》やかになる。

「いや、どうして人間に、血を飲むことができないのだろうと思っただけだ。こんなにも、素晴《すば》らしいものなのにな」

唇を撫でたレオニールの指が、伯爵の頬をなぞり、そっと細い頤《おとがい》が持ち上げられる。

楽園を追放された、愚《おろ》かなる人間。人間は血を嚥下《えんげ》することができない。楽園に流れているという、美酒の川。神々はその美酒の川の流れに杯《さかずき》を入れ、喉《のど》を潤す。人間が喉を潤すことのできない、美酒は……、熱く脈打ち流れる血潮なのかも、しれない——。

伯爵は、顎《あご》にかけられたレオニールの手を、ぴしゃりと払《はら》い除《の》ける。

「熱にやられて、いよいよ腐《くさ》ってきたな」

そんなおぞましいことを、真顔で語るとは。

「わたしは貴様の血を、美酒のようだと思ったことは、一度もない」

言い切る伯爵に、レオニールは唇を曲げて笑う。

「満足はしているようだが、酔《よ》ってはくれないのか」

「どこかの酔っ払《ぱら》い医者が、酔い潰《つぶ》れて屋根の上でだらしなく眠《ねむ》っている姿や、二日酔いで頭痛や吐き気に苦しんでいる姿を、嫌《いや》というほど見ているからな」

酔うという行為《こうい》自体、恥《は》ずべきものだと、潔癖《けっぺき》な伯爵は嫌悪《けんお》する。毎日、浴びるほど酒を飲み、身体に酒が流れていると戯言《ざれごと》をほざくハニーデュークにしても、トールキンス侯爵からもらっている上等の酒ならば、体調不良の醜態《しゅうたい》を晒《さら》すことはないようだが、それでも十分だらしない。

「少量ならば薬となるものも、大量に摂取すれば、中毒を起こし、毒になる」

百薬の長《ちょう》と言われる酒でさえ、そうなのだ。吸血鬼となった者の血ならば、毒ではないと考えること自体、無理がある。レオニールの血は、血の凍《こご》える伯爵を温められる唯一《ゆいいつ》のものだが、中毒性のある危険なものだと、伯爵は感じている。変化してしまった身体のことは、もう諦《あきら》めるしかないが、人の世界で人に紛《まぎ》れて生きていくのだから、人としての心まで失いたくはない。熱い血に潜む魔《ま》に侵食《しんしょく》され、自我を保てなくなるような事態は避《さ》けたい。伯爵は領民たちを守る為に生に執着《しゅうちゃく》し、吸血鬼となった。庇護《ひご》欲を強く刺激《しげき》する容姿でありながら、意志の強さは人一倍だ。

逃《に》がさぬよう腕に捕《と》らえて、強引《ごういん》に攫《さら》っても、伯爵の抱《いだ》く思いは絶対にレオニールに縛《しば》られない。目の前に見える首は、レオニールが片手で握《にぎ》りつぶせそうに細い。

（息の根など、簡単に止められる）

そんな脆弱《ぜいじゃく》な存在なのに。

毅然《きぜん》と上げる菫色の瞳には、支配者に相応《ふさわ》しい強い輝きが宿っている。ただ一人、その瞳に姿を映すとき、レオニールは歓喜《かんき》に震《ふる》え、肌のざわめきを感じる。

命の雫《しずく》たる、己《おのれ》の血さえ、この金の髪の少年には惜《お》しげもなく与えられる。自分の身体を流れる熱い血で、あの綺麗《きれい》な存在を潤せることが嬉《うれ》しい。この世でただ一人、それを許されていることに、誇《ほこ》らしいほどの優越《ゆうえつ》を感じる。

「決して溺《おぼ》れない、か」

「戯言をほざくな、無礼者！」

見つめる。
過酷《かこく》な運命に翻弄《ほんろう》されようと、流されることをよしとしない伯爵を、レオニールは眩《まぶ》しげに
吸血というおぞましい行為が、呪わしい禁忌《きんき》のものであり、人として穢《けが》れているのだとわかっていても、伯爵の姿はどこまでも清廉《せいれん》だ。
余韻《よいん》を残し、零時《れいじ》の鐘が鳴り終わる。

「帰るか」

鐘の音も聞いたし、月明かりを浴び、血で潤う伯爵の姿も、十分に堪能《たんのう》した。

言うが早いか、レオニールは伯爵を抱《かか》え上げる。

「おい、貴様っ……！」

ようやく子供の領域を脱《だつ》したような小柄な身体は、いとも容易《たやす》く攫われて、鐘楼《しょうろう》から黒い影《かげ》が飛び出す。目撃《もくげき》する者がいたとしても、それが何だったのか見極《みきわ》められないだろう速さで、レオニールは建物の屋根に飛び移り、翔《か》けるように進む。

(身体が、軽い)

血を与《あた》えた後の、すべて鮮明《せんめい》になる感覚を、レオニールは愉《たの》しむ。

傍若無人《ぼうじゃくぶじん》な扱《あつか》いを受け、荷物のように運ばれて憤慨《ふんがい》しながらも、伯爵は己を拘束《こうそく》するこの熱

い腕が決して不快ではないと感じている。セルバンティスとは違《ちが》う、安心感だ。

「――――怪物《かいぶつ》であれ、命を奪《うば》うことを、貴様は苦しく感じないのか？」

吸血鬼と化して生還《せいかん》し意識を取り戻《もど》した時、伯爵は指に触《ふ》れた小鳥から生気を奪ってしまい、死に至らしめた。そのとき指に触れた小鳥の羽毛《うもう》の感触《かんしょく》や鳴き声は、今も鮮明に覚えている。

思い出すたびに、胸が痛い。

胸元《むなもと》から聞こえた小さな問いかけに、レオニールは頰を緩《ゆる》める。

「俺には、守りたいものがある」

守る為《ため》に、戦う。命を奪うのは、そうしなければならないからだ。殺戮《さつりく》を好ましいと考えているわけではない。レオニールは冷徹《れいてつ》に、どちらかを選んでいるだけだ。

抱えられた伯爵に伝わるのは、落ち着いた力強い鼓動《こどう》。鬼神《きしん》のように怪物を殲滅《せんめつ》していく姿ばかりが印象に残っているが、レオニールは殺戮者ではない。

「そうか」

納得《なっとく》したらしい伯爵に、レオニールは薄《うす》く笑った。

厳格な階級社会に身を置いていても、貴族である伯爵と、軍人のレオニールは違う。

滑《なめ》らかな熱い鋼を思わせるレオニールの腕《うで》に身を委《ゆだ》ねながら、これではいけないと、伯爵は焦燥感《しょうそうかん》を覚える。

「効率のよい戦い方とは、どのようなものだ？」

ぽろりと口から零《こぼ》れた言葉は、優雅《ゆうが》で文化的な伯爵らしくないものだ。

「お前が戦うのか？」

驚《おどろ》いて問い返すレオニールに、伯爵はむっとする。

「わたしだって、いつも守られているわけではない」

従者を伴《ともな》えない場所で、誰《だれ》かに襲《おそ》われることがないと、どうして言えるだろう。自分の身は自分で守らなければならない。剣《けん》や銃《じゅう》は、きちんとした師につき、貴族として恥じない程度には訓練しているが、悪意を持って向かってくる者と対峙《たいじ》したことはまだない。

笑い飛ばされるかと、伯爵は一瞬《いっしゅん》ひやりとしたが、レオニールは静かに尋《たず》ねる。

「例えばどんな状態だ？」

「多勢に無勢、とか……」

この見目麗《みめうるわ》しい金の髪《かみ》の少年伯爵が、ただ一人で大勢の敵に取り囲まれるようなことがあったなら、お先真っ暗な気がするが、レオニールは律儀《りちぎ》に応じる。

「パフォーマンスが通じる場合と、そうでない場合に分かれるな」

レオニールは状況《じょうきょう》を想像しながら答える。

「敵の数が多くても、怪物のように結託《けったく》することのないものならば、一匹一匹《ぴき》、最後まですべて力で捻《ね》じ伏《ふ》せなければならない。普通《ふつう》の生き物ならば、自分が勝てると思うものでなければ、基本的に、襲い掛《か》かることはない」

負ける喧嘩《けんか》をふっかけたいものはいない。酔っ払いが管を巻く場合でも、通り魔と化した薬物中毒患者《かんじゃ》でも、本能的に相手を選んでいるものだ。

「出会い頭《がしら》という言葉もあるように、先制して、何かインパクトのある攻撃《こうげき》を仕掛《しか》ければ、相手は怯《ひる》んだり戦意を喪失《そうしつ》したりする。俺たちが勤務中に喧嘩の仲裁《ちゅうさい》をするとき、最初に一発、空砲《くうほう》を撃《う》つのは、銃声《じゅうせい》で驚かせて怯ませる為だ。隙《すき》ができれば、そこに付け入る。相手を凌駕《りょうが》する力を見せ付ければ、まず気持ちで勝てる」

負け気分になれば、怖《お》じ気《け》づく。逃げ腰《ごし》になった相手を捻じ伏せるのは、難しくない。

「手加減なしに一人を徹底《てってい》して攻撃すれば、たいていのヤツなら、腰が引けて逃げ出すな」

見せしめのように一人だけを集中的に痛めつける。痛みを知っている者なら、他人が痛い目に遭《あ》っているのを見るだけで、痛みの記憶《きおく》が蘇《よみがえ》る。自分が痛い目に遭っている気になって、身が竦《すく》む。

「素手《すで》の場合は、がつんと一発、いいのが入っても、痛みで頭に血が上って凶暴《きょうぼう》化するヤツもいるから、やるときは最初から本気で迷わずやれ。ショックで相手が立ち上がれなくなるぐらいで、ちょうどいい。血を見て興奮すると言うが、たいていのヤツは、自分の血を見ると、怖じ気づく。一発入れても、まだ向かってくるようなら、一発目と同じ場所を狙《ねら》え」

「貴様、けっこう卑劣《ひれつ》だな」

呆《あき》れ声の伯爵に、レオニールは肩《かた》を竦める。

「駆《か》け引き上手と言え。どんな立派な人間が大義名分を持ち出そうと、武力行使は原始的で低《てい》俗《ぞく》なものだ」

喧嘩と戦争は、五十歩百歩だ。

「やるからには、勝て」

それは、絶対。

歴史を声高らかに語り、誇りに思うことができるのは、強者の立場にいる者だ。力のない弱い者は、蹂躙《じゅうりん》されても泣き寝入《ねい》りするしかないのは、いつの時代や場所でも変わらない。

（ただの譬《たと》え話だったのだが……）

鐘楼から屋敷《やしき》に戻るまでにレオニールと交《か》わした言葉を思い出し、伯爵は胸のうちで大きく溜《た》め息をつく。

あれから一日と経《た》たず、こんな退《の》っ引《び》きならない状況に身を置くことになろうとは。

予想とは違う、皆《みな》の惚《ほう》けた反応に、晒《さら》し者にするように伯爵を前に突《つ》き出していたタトゥーは、きょとんと目を瞬《またた》いた。

（あれ？）

おかしいなと首を傾《かし》げ、手にぶら下げたものを確認《かくにん》する。

猫《ねこ》の子か何かのように前に突き出されていた伯爵は、視線を向けたタトゥーを睨《にら》む。

「手を放せ……！」

「ハイ」

強い光を放つ菫色《すみれいろ》の瞳《ひとみ》に気圧《けお》されて、タトゥーは思わず、摑《つか》んでいた手を放した。

伯爵は自分の足で床《ゆか》を踏《ふ》み、すっくと立つ。

羽織っているフード付きのマントは、見るからに埃《ほこり》っぽくて薄汚《うすよご》れていたが、それがその金の髪の少年の美を損《そこ》なうことは決してなかった。何を身に纏《まと》っていようとも、本物の放つ輝《かがや》きは遮《さえぎ》れない。

(何者だ、このガキ……)

ディンプスは、ごくりと喉《のど》を鳴らす。

気品のある優美さは、一朝一夕《いっちょういっせき》に身につくものではない。これだけ綺麗《きれい》で上品な少年ならば、一番しっくりとくるのは、貴族家か大富豪《だいふごう》の子息だ。それがどうして、高額な賃金に釣《つ》られて集まった短期就労者たちの集団に紛《まぎ》れているのか。

(家督《かとく》を守るために金持ちか貴族の男色家に小姓《こしょう》として献上《けんじょう》されて逃《に》げたか、男娼《だんしょう》を扱う妓楼《ぎろう》に売られて逃げたか――――)

貴族家でも大富豪でも、跡取《あとと》りとして優遇《ゆうぐう》されるのは長男だけだ。あとの兄弟姉妹は、家を守る為に政略的な駒《こま》として利用されたり、適当な場所に追いやられたり。その中でも、見た目がよく生まれた者は、美や性に商品的価値を見出《みいだ》され、過酷《かこく》な生き方を強《し》いられる。今ここにいる、場違《ばちが》いな少年を見て、ディンプスたちに考えられるのは、そんなところだ。

か。

（だが、この落ち着いた様子は何だ？）

己《おのれ》が身を置く状況がよくわかっていないのか、見た目ばかりで、頭の中身は少し足りないのか。

眉《まゆ》を顰《ひそ》めてから、ディンプスは思い返す。

（売り買いされる『人形』には、知恵《ちえ》なんざ必要ねぇか）

何も知らない、わかっていないほうが、本人にとって幸せなこともある。


よろりと後ろに下がり、足を縺《もつ》れさせて尻餅《しりもち》をついたタトゥーは、その衝撃《しょうげき》で我に返り、あの綺麗な少年に自分が圧倒《あっとう》されたことに気づく。顔を真っ赤にし、跳《は》ね起きるように腰を上げたタトゥーを、ドレッドが押し留《とど》める。


ディンプスは唇《くちびる》を一舐《な》めして、壁際《かべぎわ》まで下がった男たちをゆっくりと見回す。

「誰の連れだぁ？」

問い掛けに答《いら》えを返す者は誰もいなかった。

「おいおい……！　何も痛い目に遭わせようってんじゃねぇぜ？　むしろ、その逆だ」

くくくと喉を鳴らしてディンプスは笑う。

「こんな上玉を預かるんだ。一番の組で、明日この部屋から出してやろうじゃないか」

預かると言っても、どんな預かり方をされるものか。目の届かない間にどんなことになるのかは、知れたものではない。

ディンプスと弟たちは、じっくりと男たちを眺《なが》めたが、それらしい反応を見せる者は誰もいなかった。知り合いなどいないのだから、伯爵としては当然だ。

しかし、ディンプスは推測する。この見目麗しい金の髪の少年が、どこかから連れ出して一緒に逃げたという、大きな声で言えない事情のある少年なら、担保のように置いていきたくないはずだ。ディンプスたちに差し出したくはないだろう。

「誰もいないのか？　困ったなぁ」

ドレッドはわざとらしく肩を竦めて見せ、ワンレンはオーバーアクションで言う。

「落とし主が名乗り出ない落とし物は、俺たちのモノになっちまうぜ？」

遺失物扱《あつか》いされているのは、穢《けが》れなき天使を思わせる、金の髪の見目麗しい少年だ。問われている男たちは、いたたまれない気分で、お互《たが》いの様子を窺《うかが》う。ディンプス兄弟たちの所有物になってしまえば、どんな悲惨《ひさん》な目に遭わされるか。想像するだけで、気分が悪い。

探《さぐ》り合うばかりで、名乗り出る様子のない男たちに、ディンプスたちは下卑《げび》た声で笑った。

「薄情《はくじょう》だなぁ、坊やの連れは……！」

下品に笑っているディンプス兄弟に、伯爵は辟易《へきえき》した様子で、ひとつ息を吐《は》き捨てる。

「――連れがいるなどと、誰が言った」

涼《すず》やかな声で、きっぱりと言い放たれた言葉に、ディンプスたちは笑い止《や》む。

「おいおい、坊《ぼっ》ちゃん」

肉体労働者を募《つの》った場所に、こんな、見るからにか弱そうな、いいところのお坊ちゃんが一人で参加できるわけがない。

にやにやと笑い、ディンプスは伯爵を品定めするように見回す。

（やけに堂々としてやがる）

マントは埃っぽく、みすぼらしく見えるが、ひょっとして、不安を感じないでいられるだけの所持金でもあるのか。

「間違《まちが》いで来ちまったって言うのなら、金貨三枚だ。それだけ出すのなら、ここから出してやろうじゃないか」

仲間がいるとしても、両者で示し合わせて口を閉《と》ざしている可能性がある。こんな可愛《かわい》らしいお坊ちゃんなど、一捻《ひね》りして簡単にすべて取り上げることはできるが、気持ちよく差し出すなら、先にそれを受け取っておく。安心させておいたほうが、ディンプス兄弟にとって扱いやすくなる。所持品を全部取り上げて、身包《みぐる》みを剝《は》ぎ、売り飛ばすのは、その後でいい。

「出られるのは、その扉《とびら》からか？」

背後の扉を開けるのかと伯爵に問われ、ディンプスは首を横に振《ふ》る。もうひとつの開口部は、入ってきた扉だが、こちらの扉はノブもなく、内側からは開かない。

「いや。蛇《じゃ》の道は蛇《へび》というヤツだ。快適とは言えないだろうが、約束は守るぜ」

（正規の方法ではないが、とりあえずここからは出られるということか）

完全な一方通行ではないらしい。部屋の管理人であるディンプス兄弟は、扉を開閉できても、作業の為《ため》に部屋を出ることはないのだから、別方向に抜《ぬ》ける方法があるのだろう。

信用するのもしないのも、賭《か》けだ。信用してはいけない相手なのだが、まだ考えの甘い伯爵は、そう思う。

さあどうするんだと、目で問いかけるディンプスを見上げ、伯爵は尋《たず》ねる。

「ここで大声を出そうと、どんなに騒《さわ》ごうと、誰《だれ》も来ないのか？」

「あぁ、その通りだ」

厳重に施錠《せじょう》され、外界とは隔離《かくり》された密室となっているこの部屋には、助けが来ることはない。

「ダルドリーも？」

「あぁ。来ねぇなぁ」

「そうか……」

頷《うなず》いた伯爵は顔を伏《ふ》せる。

(ダルドリーから、エルンストのことを聞くのは無理かもしれないな)

可愛いお坊ちゃん一人に、ながながと時間をとってはいられない。

「金を払《はら》うか、自分が質草《しちぐさ》になるか。さあ、どっちだ？」

ディンプスは二択《たく》を迫《せま》る。

「さっさと決めな！」

伯爵に近寄ったワンレンは、身を屈《かが》めて伯爵を恫喝《どうかつ》する。

「どちらも断る」

きっぱり言い切った伯爵は、顔を近づけて覗《のぞ》きこむようにしていたワンレンに、自分から顔を近づけた。


いきなりアップで近づく、金の髪《かみ》の少年の綺麗な顔。

(え?)

どきんと胸を鳴らし、ワンレンは目を瞠《みは》る。

透《す》き通る菫色《すみれいろ》の瞳《ひとみ》。ただひとつ、大きく映るのは、ワンレンの顔。


ガツッ!

額に強烈《きょうれつ》な衝撃があり、ワンレンの目から火花が散った。


軽く身を伸《の》び上がらせて、顔を近づけた金の髪の少年の前から、ワンレンが勢いよく吹《ふ》っ飛んだ。

頭突《ずっ》きで撥《は》ね飛ばされたワンレンは、どうと背中から床《ゆか》に落ち、後頭部を強《した》かに打ちつけた。

笑ったような形でだらしなく口を開け、白目を剝《む》いて昏倒《こんとう》しているワンレンの、赤くなった額から、煙《けむり》が上がったように見えたのは、幻覚《げんかく》だろうか。

頭突きは、敵の意表を衝《つ》く攻撃《こうげき》だ。来るかもしれないと相手が身構えていなければ、たいていクリーンヒットを決められる。自分も痛いのだと覚悟《かくご》して、思い切って突《つ》っこむだけだ。

伯爵のデコは、真正面からワンレンを強襲《きょうしゅう》した。

インパクトも大きく、一発ＫＯである。

(予想してたより、痛かったな)

吸血鬼の治癒《ちゆ》力は、人間を遥《はる》かに凌《しの》ぐので、コブができてもすぐに治るだろうが、痛みは普《ふ》通《つう》の人間だった頃《ころ》と同じように感じる。頭突き初体験の伯爵は、痛みでちょっぴり目が潤《うる》んだ。

「このガキ！　よくも兄貴を！」

かっと頭に血を上らせたタトゥーが、喚《わめ》きながら伯爵に右手を伸ばす。

タトゥーの入った筋肉質な腕《うで》が、マントから出ていた伯爵の細い手首を摑《つか》んだ。

「触《ふ》れるな、無礼者！」

激昂《げきこう》する澄《す》んだ声と同時に、伯爵の腕を摑んだままのタトゥーの身体《からだ》がふわりと持ち上がり――。


ズダン！

恐《おそ》ろしい勢いで床に叩《たた》きつけられた。

「ぐぁぁあっ！　痛い痛い痛いぃっ……！」

左肩《ひだりかた》から石の床に激突《げきとつ》したタトゥーは、大声で喚きながら、床を転げまわる。伯爵の手を掴んでいた手からは力が抜けたのだが、タトゥーの指に引っかかった伯爵のマントが、タトゥーが勢いよく転がった弾《はず》みに引っ張られて、大きな音を立てて裂《さ》けた。

自分の体重全部を一点に乗せたのだから、タトゥーの左肩にかかった衝撃《しょうげき》は、かなりのものだっただろう。タトゥーの肩は外れたか、それとも骨が折れたか。これだけ大声を出してばたばたと騒々《そうぞう》しく転げまわれるのだから、少なくとも命に別状はない。


体重は倍以上あるだろう男を軽々と持ち上げて床に叩きつけた、金の髪の見目麗《みめうるわ》しい少年は、立っていた場所から一歩も動いていなかった。

信じ難《がた》い光景を目の当《ま》たりにし、部屋の中にいた者たちは、驚愕《きょうがく》に目を見開き、声もない。常識的に考えて、体格で圧倒《あっとう》的に劣《おと》るこの可愛い少年に、こんなことができるはずがない。できるはずはないのだが。

「痛い痛い痛いっ！」

騒々しい惨状《さんじょう》を目の当たりにしては、認めないわけにはいかない。

泣き喚きながら転がっているタトゥーに、破れて垂れ下がったマントの布を、元の位置に合わせて握《にぎ》りながら、伯爵は小さく溜《た》め息をつく。

「――うるさい」

ぽつりと呟《つぶや》いた伯爵の声に反応し、ドレッドは飛びつくようにタトゥーに近づき、抱《かか》えこんでその口を塞《ふさ》ぐ。

ぎゃあぎゃあ騒ぐ声が聞こえなくなり、ふうと伯爵は一息つく。熱い血を、いくらか消費してしまった。どんな連中であれ、乱暴するのは気分のいいものではなかったが、これは必要悪なのだ。

(パフォーマンスの効果はあったようだな)

レオニールが言っていたように、場の支配権は、今、完全に伯爵に移った。

「いくつか訊《き》きたいことがある」

天使のような容姿で、悪魔《あくま》のような力を見せ付けた少年は、ディンプスに向かって真っ直《す》ぐ顔を上げる。潤んでキラキラ感を増した菫色の瞳で見つめられ、ディンプスは色んな意味で心臓バクバクで、顔を引きつらせる。

「ハイ、ナンデショウ?」

緊張《きんちょう》のあまり声を上ずらせ、片言くさい喋《しゃべ》りになったディンプスに、伯爵は言った。

「ここは何処《どこ》だ?」

涼《すず》やかな声で言い放たれた言葉に、部屋の中にいた者たちは全員固まった。

迷子ですか?

第八楽輪　根回し

夜になって、闇《やみ》に乗じてレオニールが行動を起こすなら、監視者《かんし》の存在は邪魔《じやま》だ。

レオニールの部屋を出たフェルナンドは、一階の食堂で、さっきレオニールと一緒《いっしょ》に射撃《しゃげき》訓練を行っていた若い隊員を見つける。

「君……」

フェルナンドに呼びかけられ、振《ふ》り向いた若い隊員は、椅子《いす》から急いで立ち上がり、びしっと敬礼する。

「マクスウェルであります！」

同じ卓《たく》にいた他《ほか》の四名の隊員ともども、何事だろうと、緊張してがちがちになっている姿に、フェルナンドは苦笑《くしょう》する。他の隊の隊員でも、レオニール小隊の副隊長であるフェルナンドに声を掛《か》けられたのだから、緊張するのは当然だ。先ほど地下の訓練場でレオニールと行った射撃訓練の結果も、マクスウェルは残念ながらあまりよくなかった。

「あぁ、悪い、注意とか、そういうのではないんだ。君はさっき、レオンと一緒に地下で射撃訓練をしていただろう。それで、話をしたいなと思って」

レオニールと一緒に射撃訓練をしていたのだから、マクスウェルがレオニールのことを慕《した》っているのは間違《まちが》いない。きっと力を貸してくれるだろう。

柔《やわ》らかく微笑《ほほえ》みながら、フェルナンドは空いていた椅子に向かい、立ち上がったマクスウェルにも、腰掛《こしか》けるよう促《うなが》す。

「ちょっと、世間話」

顔を寄せろと、ちょいちょいと指で合図され、マクスウェルたちは何だろうと、内緒話《ないしょばなし》をするように近づく。

「(レオンに『ストーカー』がいるようなんだ)」

「「えっ!?」」

驚《おどろ》いて思わず声を上げた者を、マクスウェルたちは、しーっと唇《くちびる》の前に人差し指を立てて制する。驚愕する若い隊員たちに、フェルナンドは真剣《しんけん》な顔で囁《ささや》く。

「(気のせいなら、いいんだ。だけど、そうでないなら、とても困る)」

将軍家の子息であり、貴族の血も受け継《つ》ぐ、若き美丈夫《びじょうふ》である小隊長レオニールは、活躍《かつやく》もめざましく、ファンは上官部下双方《そうほう》に多い。行き過ぎた思慕《しぼ》により、ストーカーと化す者が現れても、何ら不思議はない。

(いやむしろ……)

フェルナンドの作り話を真に受けたマクスウェルたちは考える。

（ストーカーがいないほうがおかしい！）

――甚《はなは》だしく迷惑《めいわく》な思い込みである。

いい反応があって、フェルナンドは満足する。

（話に食いつきがいいな。さすがレオン。人気あるな）

「（何度かストーカーを見かけた場所があるんで、そのあたりをうろうろしている不審《ふしん》人物がいたら……）」

「不敬罪で引っ張りましょう！」

「別件でもなんでも、とにかく引っ張ってから決めようぜ！」

「二度とストーカーしようなんてことを考えないように、よーく思い知らせてやらなくちゃなぁ……！」

「一生忘れられないぐらい、しっかりとな！」

だんだん過激になってきて、ギラギラと目を輝《かがや》かせだすマクスウェルたちに、フェルナンドは苦笑する。

「いや、まずは、巡回《じゅんかい》中に見かけたら、注意するとか、職務質問するとか、そういうのでいいよ。声をかけていなくなるようなら、それでいいんだし」

「そうですか？」

不満そうに口を尖《とが》らせるマクスウェルに、人のよい笑顔《えがお》でフェルナンドは頷《うなず》く。

「うん。それで引き下がらないようなら、それはその時、臨機応変に考えればいいんだよ」

含《ふく》みを持たせたフェルナンドの言葉に、にやりとマクスウェルたちは笑った。


声掛けには、犯罪を未然に防ぐ抑止《よくし》効果がある。たいていの不審者は、見つけられると立ち去る。何度も注意を受け、覚えられることを嫌《いや》がる。巡回中の軍人を相手に、騒動《そうどう》を起こしたくはない。注意を受け入れない、たちの悪い者には、それなりの対応をするだけだ。


「これまでに、それっぽい男を見かけた場所は――――」

フェルナンドは、卓に指で図を描《えが》くようにして、レオニールを監視していた男がいた場所をマクスウェルたちに教える。マクスウェルたちは真剣な目で、それを頭に叩《たた》きこむ。

「――――こんな感じだから」

「「「「了解《りょうかい》であります！」」」」

「覚えておいてくれると、助かるよ」

「「「「はいっ！」」」」

「あぁ、それから、これはくれぐれも内密にね。レオンに憧《あこが》れる気持ちもわからないわけじゃないが、大事になると嫌だから。もし、誰《だれ》かに訊かれても、僕がこんなことを話したなんて、絶対に言わないでくれよ？」

「「「「了解であります！」」」」

「ありがとう」

にこりと微笑むフェルナンドに向けられた、マクスウェルたちの目は据《す》わっていた。

内密に、レオニール隊長の周りをうろつく不審者は、徹底排除《てっていはいじょ》である。

「あの様子なら、他の隊の隊員にも伝わるだろうな」

寮《りょう》を出たフェルナンドは、首尾《しゅび》よくいって満足する。数で攻《せ》められれば、あの監視者もたまらないだろう。これでレオニールの行動は、妨《さまた》げられない。

暴走馬車が事故を起こした現場で、根気強く聞きこみ調査を行ったフェルナンドは、乗合馬車が一台、この事故に巻き込まれていたことを突《つ》き止めた。オースティンに聞いていた、伯爵の乗っていた伯爵邸の馬車が馬車置場に止められていた場所と、この乗合馬車が横転した場所は、それほど離《はな》れていない。

横転した乗合馬車は、車外に放《ほう》り出された乗客を急いで乗せ直し、現場を後にした。乗合馬車には運行時間のスケジュールがあるので、遅《おく》れるわけにいかないと慌《あわ》てることには、何ら不自然な点はないのだが。

（これが怪《あや》しいか）

何となくフェルナンドはこの乗合馬車に、引っかかりを覚える。この『何となく』という感覚は、案外馬鹿《ばか》にならないことを、経験上フェルナンドは知っている。

少しでも手がかりになりそうなものは、徹底的《てってい》に調べる。フェルナンドは都の乗合馬車の管理運行を行っている交通局に足を運ぶ。

「都を定期巡回している乗合馬車ではありませんね」

交通課の職員は、フェルナンドに乗合馬車の運行表を見せて説明してくれた。横転事故の連《れん》絡《らく》は入っていないし、その時刻にそこを通過する予定の乗合馬車の定期便はない。雨や雪、事故等で道路が混雑したり通行できなかったりして、乗合馬車が予定の時間に停留所に到着《とうちゃく》しないことは時々あるが、今日は運行時間に、遅延《ちえん》があったという報告もない。

「こちらで使っているのと同じ形の乗合馬車の貸し出しをしているところがありますから、そちらに訊《たず》ねられてはいかがでしょう」

研修や旅行等で大人数を送迎《そうげい》したい利用者の為《ため》に、御者《ぎょしゃ》付きの乗合馬車を貸し出す業者の事務所を教えられ、フェルナンドはそちらに足を運んだ。

暴走馬車の事故に巻き込まれ、横転した乗合馬車は、都では当たり前に見かける、都の交通局や乗合馬車の貸し出し業者で運行しているのと同じ型だったが、そのどちらにも、該当《がいとう》する馬車は存在しなかった。

登録している乗合馬車になりすまし、登録外の乗合馬車が都を走っている。

(由々《ゆゆ》しき事態だな)

話をした事務員に銀貨を握《にぎ》らせて口外しないようにいい含め、乗合馬車を貸し出す業者の事務所を出たフェルナンドは渋《しぶ》い顔になる。

日夜巡回し、都の平穏《へいおん》を守っている軍としては、このようなことは見過ごせない。

(巡回兵と会った時には、運行許可証を確認《かくにん》してるはずなのに)

巡回途中《じゅんかいとちゅう》に乗合馬車を見かければ、御者に運行許可書を出させ、それにスタンプを捺《お》してサインするのが巡回兵の規則だ。運行許可証の用紙とスタンプは、ランダムに毎日違《ちが》うものが支給され、不審な点のある乗合馬車は運行を中止させられる。都を平然と走っていたということは、偽《にせ》の乗合馬車は、運行許可証まで偽造《ぎぞう》しているのか。

(偽の乗合馬車に関与《かんよ》しているのは、乗合馬車の関係者か、それとも……)

どうにもきな臭《くさ》い展開が見え始め、行方《ゆくえ》知れずになっている伯爵の捜索《そうさく》を行っていた伯爵邸の人間を、フェルナンドはいったん屋敷《やしき》に帰した。

「何らかの事件に巻き込まれている可能性が大きい」

難しい顔をして寮に戻《もど》ってきたフェルナンドの報告に、レオニールは笑う。

「退屈《たいくつ》しない伯爵様だな……！」

「笑い事ではないぞ」

フェルナンドは不謹慎《ふきんしん》だとレオニールを咎《とが》める。笑いやめたレオニールは、フェルナンドに厳しい瞳《ひとみ》を向ける。

「その怪しい乗合馬車に、あいつが乗せられたか自分から乗ったか、どちらかはわからんが、今晩酷《ひど》いことになりそうなのは確かなようだな。気をつけろよ？　フェル」

「おい、脅《おど》かすな……！」

「脅しですむことを祈《いの》ってる」

にいっと笑うレオニールの青い目は、しかし笑ってはいなかった。

「フェル、この後の勤務は、中央美術館の警備だったな」

「あぁ。中央美術館で絵画賞の授賞式がある」

「重ならなければいいな」

レオニールの言わんとしていることがわからず、フェルナンドは眉《まゆ》を顰《ひそ》める。

「何と何が？」

「伯爵の移動経路と、中央美術館の近辺が、だ」

貴族家の馬車はすべて宮廷建築家の手によるものだが、富豪《ふごう》の所有物を含め、その他《た》の馬車に宮廷建築家は関係していない。貴族家の馬車が、民間に払《はら》い下げられることもない。伯爵を乗せて連れ去ったと思われる正体不明の怪しい乗合馬車は、同じデザインの本物の乗合馬車と同じく、宮廷建築家の関与しているものではないだろう。

（伯爵は、墓場の土をしっかり叩きこんだフード付きのマントを着て出かけられたって、聞いたけど……）

墓場の土には怪物《かいぶつ》を寄せ付けない効力があるが、伯爵が身につけているマントに叩き込まれているだけで、伯爵本人に付着しているわけではない。果たして伯爵は、今もマントを身につけているのだろうか。マントを身につけていた伯爵は、マントを脱《ぬ》ぎ捨てても いくらかは土《つち》埃《ぼこり》に塗《まみ》れているだろうが、その状態でどれほどの効果を期待できるのだろうか。

フェルナンドは重い気分で勤務に就《つ》く。

（怪物よりも先に伯爵様を見つけろよ、レオン）

レオニールにストーカーがいるらしいという噂《うわさ》は、フェルナンドの思惑《おもわく》どおり、若い隊員たちの間に瞬《また》く間に広まった。

日勤夜勤と全員の勤務時間がまちまちで、まだ給料も安い若い軍人の寮に入る泥坊なんて、現行犯で捕《つか》まると一気に監獄《かんごく》送りだ。寮の建物内という、外界から隔離《かくり》された空間で、犯人を取り押さえる為《ため》にどんな正義が行われるのかはわからない。自分の身が甚《はなは》だしく危険なうえ、稼《かせ》ぎも期待できないので、独身男性の住まいは、普通《ふつう》空き巣も狙《ねら》わない。寮の近くをうろつく者がいても、誰も関心を払わないのが常なのだが、憧れのレオニール隊長にストーカーがいるかもしれないと聞けば、話は別である。噂を知った若い隊員たちは、寮にいる者も勤務についている者も、皆《みな》殺気立った。

レオニールについていた監視《かんし》は、若い兵士たちが気を配ってくれたおかげで、寮に近づくことができなかった。

「迎《むか》えにいくか」

フェルナンドが勤務に出かけてから、完全に日が落ちるのを待って、レオニールはきっちりと軍服を着、その上に黒いコートを羽織り、顔の下半分を隠《かく》すようにマフラーを巻く。隙間《すきま》の少ない格好だが、外気温はそれほど高くないし、レオニールは昨夜、伯爵に血を与《あた》えているので、暑苦しさを覚えることはない。

怪物は霧《きり》の出ている場所に現れる。霧の中では、忙《せわ》しなく動いている者の顔をはっきりと見分けることはできないが、服装は何となく判別がつく。怪物と出くわしたなら、レオニールは勤務中でなくても、怪物の殲滅《せんめつ》に貢献《こうけん》する。その時にその姿を誰《だれ》かに見られても、軍服姿なら、軍人が怪物と戦っていると見える。怪物の殲滅に当たっている隊の隊員は、仲間が活動していると思うだろうし、その他の者は駆《か》けつけた軍人が助けてくれたと思う。誰にも不審《ふしん》に思われない。

黒いコートは、怪物と出会わなかった時用の、姿を闇《やみ》に紛《まぎ》れやすくする為のアイテムだ。

明かりを灯《とも》したままにして、部屋にいるように見せかけて、外階段に通じる非常口の扉《とびら》を開けたレオニールは、道の人通りが途絶《とだ》えた外の暗がりに、軽《かろ》やかに飛び出す。

（あいつがいるのは、こっち……）

闇を選び、レオニールは金の髪《かみ》の見目麗《みめうるわ》しい少年伯爵の姿を求めて駆ける。

レオニールが危惧《きぐ》したとおり、町には今宵《こよい》も怪物が姿を現した。怪物が出現しそうだと、軍本部の掲示板《けいじばん》にも情報があったので、対応は迅速《じんそく》だ。

「――ジョシュア王子様……！」

編入されているルイジホーク隊の隊長に命じられたフェルナンドは、馬を駆り、美術館にいるジョシュア王子へ伝令する。

予定されていた時間に美術館に到着していた王子は、授賞式の準備が整うのを待って、喫茶《きっさ》室でお茶をしているところだった。

「怪物が出現しました！　美術館の扉は、殲滅が確認されるまで閉鎖《へいさ》となります！」

「わかった。今宵は皆でゆっくりするとしよう」

授賞式の後は、祝賀会が予定されている。王子が退出しないのに、他の貴族や関係者が美術館を出ることはできない。皆の安全の為に、宴《うたげ》を引き伸《の》ばすことなど、王子にとっては簡単なことだ。

敬礼するフェルナンドにジョシュア王子は頷《うなず》き、二人で一緒《いっしょ》の卓《テーブル》でお茶をしていたベルナルド伯爵に微笑《ほほえ》みかける。

「またわたしの為にピアノを弾《ひ》いてもらおうかな。怪物のことは、今日は軍に任せて。君は出て行ってはいけないよ？」

「はい、ジョシュア王子」

怪物相手に、雄姿《ゆうし》を見せてくれと言われても、度胸も力もない弟侯爵は困窮《こんきゅう》するだけなので、ありがたく頷いておく。喜んでピアノを弾かせてもらいたい。

兄伯爵が行方《ゆくえ》知れずになり、すっかり取り乱していた昼間の弟伯爵を気にしていたフェルナンドは、図《はか》らずもきちんと公務に出席している『ベルナルド伯爵』の姿を見ることができて、安心する。

(よかった。ちゃんと公務に出てこられたんだな)

しかも、兄伯爵が間違《まち》いなくここにいるのだと思わせる、完璧《かんぺき》な様子だ。

兄伯爵の行方は依然《いぜん》不明のままだが、ここに『ベルナルド伯爵』がいるのなら、たとえ同じ容姿をしていても、高位の貴族の拉致《らち》事件は成立しない。

「怪物が現れたのは、東地区のどのあたりだい？」

確認するジョシュア王子に、フェルナンドは答える。

「怪物は、北東地区を北に移動中です」

「……北東地区？」

ジョシュア王子は、目を丸くする。

「わたしが公開した予想は、東地区だったのにな」

「今のところ、北東地区だけで、東地区から怪物《かいぶつ》発見の報告は入っておりません」

「そうか」

頷き、下がっていいと促《うなが》されて、敬礼したフェルナンドは、ルイジホーク隊に戻って引き続き怪物を殲滅《せんめつ》する為《ため》、美術館を後にする。

美術館には、授賞式に参加する関係者や貴族が、全員到着《とうちゃく》している。美術館に怪物が侵入《しんにゅう》しないよう、外部に繋《つな》がるすべての扉が閉じられ、油断なく武器を構えたハイムデルド将軍の隊が周囲を警戒《けいかい》する。


お茶で喉《のど》を潤《うるお》し、ジョシュア王子はベルナルド伯爵に微笑みかける。

「残念、今日の予想は外れちゃった」

「東地区と北東地区なら、とても近いです」

「うーん、確かに、まるっきり見当違《ちが》い、というわけでもない感じだけど……。このところ、予想の精度が上がってきたようだったからね。悔《くや》しいな」

ひとつ溜《た》め息をついて頬杖《ほおづえ》をついた王子は、お茶請《ちゃう》けに出されていたオレンジチョコレートを、空いているほうの手でひとつ摘《つま》むと、ベルナルド伯爵の口の前に持っていく。

「あーん」

にっこり微笑みながら、口を開けるようにと、オレンジチョコレートを揺《ゆ》らして催促《さいそく》されて、ベルナルド伯爵は周りのテーブルの人目を気にし、おずおずと口を開く。

（も──……、どうして王子様はこんなこと、楽しそうになさるんだろ……☆）

「……ぁ……」

雛鳥《ひなどり》のように口を開け、ふわりと耳まで赤くなる伯爵を愛《め》でて、満足そうに微笑んで、ジョシュア王子は伯爵の口にオレンジチョコレートを入れる。オレンジの皮をチョコレートでコーティングした菓子《かし》は、兄伯爵ほど甘いものが得意でない弟伯爵でも、美味《おい》しく食べられた。

オレンジのコーティングに使われていた質のいいチョコレートは、ジョシュア王子の指で少し溶《と》けていて。

「汚《よご》れちゃったな」

まだ口の近くに差し出されたままの指と王子の顔を眺《なが》め、ベルナルド伯爵（弟）は懸命《けんめい》に考える。

（こ、これは、綺麗《きれい》にしろ、ってことなんだよね……！）

そっと唇《くちびる》を寄せ、伯爵は王子の指についたチョコレートを遠慮《えんりょ》がちに舐《な》め取る。

「ありがとう」

温かくて柔《やわ》らかな舌に指を拭《ぬぐ》われ、くすくすと楽しそうにジョシュア王子は笑った。

町を巡回《じゅんかい》していた隊員たちが怪物と遭遇《そうぐう》したのは、確かに北東地区だったが、怪物は北地区へと移動している。ジョシュア王子が公開していた予想のとおり、東地区から来たのかもしれないと、隊員を指揮しながらルイジホーク大尉《たいい》は思う。

目指そうとしている場所に、何があるのかは知らないが。

「北地区に向かわせるな！　先回りして、食い止めろ！」

「第三班、先行します！」

夜の底を満たす霧の中、騎馬《きば》隊の蹄《ひづめ》の音が石畳《いしだたみ》に響《ひび》き渡《わた》る。

今日の怪物は移動が早い。この感じを、フェルナンドは知っている。ニトファーナで怪物を追いかけながら、廃《はい》教会に向かったときと同じだ。

（伯爵様……！）

きっと、この怪物の向かう先に、あの金の髪の少年伯爵はいる。

（間に合えよ、レオン！）

美術館を出たフェルナンドは、ルイジホーク大尉に伝令の任務完了《かんりょう》の報告をすると、先行する三班を追いかけた。


――――、――――……！

何となく、廊下《ろうか》の外が騒《さわ》がしいような気がして、ディンプスは扇《おうぎ》を持つ手を止めて眉《まゆ》を顰《ひそ》める。石を四角く切って積み重ねた部屋の壁《かべ》は、すべて分厚い。鉄製の扉も分厚くて頑強《がんきょう》で、扉をハンマーか何かで直接ガンガン叩《たた》けば音が響くだろうが、室内の物音は外に聞こえず、外の音も室内には聞こえない。

「お前ら、何か聞こえないか？」

「何かって、何だ？　兄ちゃん」

額に大きな絆創膏《ばんそうこう》を貼《は》り、ティーポットでお茶を抽出《ちゅうしゅつ》中のワンレンに、顔を顰《しか》めて訊《き》き返され、ディンプスは口を尖《とが》らせる。

「何か……は、何かだよ……！」

「何だ、そりゃ」

「何かじゃわかんねーよ」

話にならないと、サバイバルナイフを器用に使ってりんごをウサギに切っていたドレッドと、左肩《ひだりかた》を湿布《しっぷ》して、膝《ひざ》に布を抱《かか》えてちくちく縫《ぬ》い物をしていたタトゥーが、肩を竦《すく》める。

ディンプス兄弟のやり取りを聞き、そういえば何か聞こえるような気がすると、集められた男たちの何人かが壁に耳を当てようとしたとき——。


ズガーン！


爆発音《ばくはつ》を響かせ、廊下側の扉《とびら》が吹《ふ》っ飛んだ。爆風で室内の唯一《ゆいいつ》の光源であった、ランプの炎《ほのお》が消えた。真っ暗になった室内に、廊下から射《さ》し込んだ光が、男の形をした影《かげ》を落とす。

「遅《おそ》いぞ」

文句を言う涼《すず》やかな声に、そちらに青い瞳《ひとみ》を向けたレオニールは、高々とマットレスを積み上げた上に牢名主《ろうなぬし》のようにふんぞり返っている、金の髪《かみ》の少年の姿を見た。

第九楽輪　花盗人

焦燥感《しょうそう》に襲《おそ》われることもなかったので、絶対、大事には至っていないだろうなとレオニールは思っていたが、ベルナルド伯爵は予想以上にツヤツヤでぴんぴんしていた。

消えたランプに火を灯《とも》し、ディンプスは侵入者に顔を向ける。

「何だ、てめぇは⁉」

伯爵との間に立ちはだかる髭面《ひげづら》の男を、レオニールは冷ややかに見つめる。

「退《ど》け」

一瞬《いっしゅん》にして真正面に近づいたレオニールに、ディンプスは度肝《どぎも》を抜《ぬ》かれ、ランプを掲《かか》げたまま、尻餅《しりもち》をつく。

分厚い鉄の扉を吹き飛ばして現れ、一瞬にして十メートル近い距離《きょり》を移動した男に、一同は声もない。

この部屋で起居する男たちの寝具《しんぐ》だろう、すべてのマットレスを高々と積み上げた、ふかふかの王様席でゆったりと寛《くつろ》いでいる伯爵は、レオニールと同じ目の高さだ。

「こんな場所で何をしてる」

「訊きたいことは訊けた」

「そうか」

すっと伯爵に向かって手を差し出すレオニールに、ワンレンは慌《あわ》てて前に出る。

「ちょっと待て!」

今にも伯爵を連れ去りそうなレオニールに向かって、ティーポット片手にワンレンは仁王立《におうだ》ちで言った。

「食後のお茶がまだだ!」

労働者たちを集めて収容した部屋は、入ったはいいが自由に出ることのできない、監禁室《かんきん》か牢獄《ろうごく》のような場所だった。部屋を任されているディンプス兄弟は、扉の通行料として容赦《ようしゃ》ない搾取《さくしゅ》を行う。同じ場所で働こうとしていても、ここにいるのは、破格の賃金につられて集まった金の亡者《もうじゃ》で、心許《こころゆる》せる仲間ではない。うかうかしていると自分の荷物から金目のものがいつの間にか誰《だれ》かに盗《ぬす》まれているような、疑《ぎ》心暗鬼《しんあんき》を生じる殺伐《さつばつ》とした場所、なのだが。

全員揃《そろ》って、栄養も量もカロリーも十分な、満ち足りたディナータイム後の様子に、レオニールは眉を顰《ひそ》める。

「……食後のお茶……？」

「あ、兄貴、時間過ぎてるよっ！」

「うぉっ！」

懐中時計《かいちゅう》の針を見たタトゥーの声に、ワンレンは慌ててカップにお茶を注いだ。

最高級のアールグレイの茶葉の放つ、ベルガモットの素晴《すば》らしい香《かお》りが部屋中に広がる。

ワンレンは銀盆《ぼん》に載《の》せたカップを、恭《うやうや》しく伯爵の前に捧《ささ》げ持った。

「どうぞ」

「バカ野郎《やろう》！　舌を火傷《やけど》されたらどうすんでぇ！」

風の通りのない部屋で、ディンプスは扇を取って、急いでカップに風を送る。

ぱたぱたされるカップを見つめ、ふむと伯爵は考える。

「――――ミルクと砂糖はないか？」

「はい、ただいま！」

伯爵の要望に応《こた》えてディンプス兄弟は、いそいそとミルクと砂糖を仕度《したく》する。

「いかほど……？」

慣れない様子で、ディンプスはお上品ぶってシュガーポットを持ち、ドレッドはミルクピッチャーを持つ。小指を立ててシュガースプーンを握《にぎ》り、伯爵の言葉を待っているタトゥーに、小さく息を吐《つ》いてレオニールは言う。

「……砂糖は三つ、ミルクはカップの半分だ……！」

それが、いつも見てレオニールが覚えているセルバンティスの給仕《きゅうじ》する、伯爵の紅茶。レオニールが言った分量の砂糖とミルクを投入すると、紅茶は甘すぎるし、温《ぬる》くなる。本当にそれでいいのかと、疑いながら振《ふ》り向いたタトゥーに、伯爵は鷹揚《おうよう》に頷《うなず》いた。

化学の実験でもするような慎重《しんちょう》な様子で、ミルクと砂糖はカップの紅茶に加えられ、念入りに攪拌《かくはん》された。今度こそはと、恭しくワンレンにカップを差し出され、伯爵は頷いてソーサーごとカップを手に取る。

持ち上げられたカップに、ふっくらした柔《やわ》らかそうな桜色の唇《くちびる》が寄せられた。ゆっくりと紅茶が嚥下《えんげ》され、伯爵の白い喉《のど》が静かに動く。

「――――うん、美味《おい》しい」

それはセルバンティスのいれてくれるお茶には、到底及《とうていおよ》びもつかないけれども。

にこりと微笑《ほほえ》んだ伯爵の笑顔《えがお》に、ディンプスたちは部屋の明るさが倍化した錯覚《さっかく》に襲われた。頭突《ずつ》きを食《く》らった際に、至近距離《きょり》で目撃《もくげき》した伯爵の美貌《びぼう》を思い出したワンレンは、銀盆を高く捧げたまま、ばたりとその場に倒《たお》れる。

「気が済んだな」

一度カップをソーサーに戻《もど》した伯爵の手から、レオニールはティーカップを取り上げる。

「まだだ」

レオニールを真っ直《す》ぐ見つめて言った伯爵に、クリスタルの皿にウサギりんごを仕度していたドレッドは、目を輝《かがや》かせる。

伯爵は言った。

「ここに集められた連中が、どこに行くのかがわからない」

それは、この部屋の管理を任されているディンプス兄弟にも、知らされていないことだった。

「それは、あ、明日にならないと……！」

デザートではなかったのかとがっくりしながらも、見てくれればいいなぁと期待をこめてウサギりんごの皿を持ち、瞳を向けた伯爵に、ドレッドは教える。

「明日になれば、五人、この部屋を出て行くから……」

今晩はもう、得られる情報はないと判断し、レオニールは伯爵を攫《さら》う。

「おいっ……！」

大勢の目の前で、姫《ひめ》抱《だ》きに抱えられ、憤慨《ふんがい》する伯爵をものともせず、レオニールはディンプスたちに言った。

「その話は、明日訊《き》く」

忘れ物があっては大変と、急いでタトゥーは縫《ぬ》い終わったマントを伯爵に差し出した。

にこりと微笑んで、伯爵はマントを摑《つか》む。

「世話になったたな」

もう一方の手で、ドレッドが捧げた皿から伯爵がウサギりんごをひとつ攫うのと同時に、レオニールは訪《おとず》れた時のように、物凄《ものすご》い速さで部屋を退去した。


やわやわと広がる霧《きり》のせいで、下の方の視界は悪いが、上の方はそれに比べれば、ずっとよく見える。

先行する隊員たちと一緒《いっしょ》に、怪物《かいぶつ》を追い、怪物と戦っていたフェルナンドは、恐《おそ》ろしい勢いで建物の屋根を飛び移っていく影《かげ》を目撃《もくげき》する。

(伯爵の連れ戻しに成功したな、レオン……!)

状況《じょうきょう》はわからなくても、首尾《しゅび》は上々ということだけはわかる。

(あいつのことだから、無茶《むちゃ》してるはずだよな……)

士官学校時代から、レオニールがやったことの後始末は、いつでもフェルナンドの仕事だった。軍人となり、小隊長と副隊長という関係に変わっても、このフォローの役だけは昔と同じ……、いや、面倒《めんどう》は士官学校時代の比ではなくなった。

霧に身を潜《ひそ》めるようにして、怪物を殲滅《せんめつ》する為《ため》に戦っている仲間たちから離《はな》れたフェルナンドは、馬の鞍《くら》の下にぶら下げて隠《かく》しながら運んできた、仕留めたばかりの怪物を持って移動する。

（レオンが来たのは、たぶんこっち側……）

軍靴《ぐんか》や蹄《ひづめ》の音が響《ひび》かないよう、用意していたカバーをつけ、霧に隠れながらこそこそと進んだフェルナンドは、爆発《ばくはつ》事故でもあったかのように、大穴の開いている建物を発見する。

「……派手にやってくれて……」

死屍《しし》累々という言葉が、フェルナンドの脳裏《のうり》をよぎる。

息は誰もまだあるようだが、そこにいたのだろう人間も、吹《ふ》っ飛ばされて、ごろごろ転がっていた。

隠し持ってきた怪物の身体《からだ》を、フェルナンドは大穴の開いた建物の中に転がしておく。

まだ元気に抵抗《ていこう》している怪物を、こちら側に追い込めば、レオニールがやらかしたことも、ごちゃごちゃになって、全部怪物の仕業《しわざ》になる。目撃されていようが、人に非《あら》ざる力を振るうレオニールは、ある意味十分に『怪物』だ。現場で生き残っていた者が、恐ろしい力を振るう男（レオニール）を見たと証言しても、『怪物』の仕業として、まとめて処理されることだろう。常識的にありえないものは、フェルナンドが躍起《やっき》になって揉《も》み消さなくても、恐怖《きょうふ》が見せた幻覚《げんかく》で、すべて片付けられる。

レオニールに運び去られながら、伯爵はむっと唇を尖《とが》らせる。

「せっかちな男だな……！」

伯爵ともあろう者がというレオニールの物言いに、伯爵は眉《まゆ》を吊《つ》り上げる。

「手摑《てづか》みか」

「誰《だれ》のせいだ！」

せっかく一生懸命《いっしょうけんめい》自分の為に仕度してくれたものに、まったく手をつけずに退去することを、伯爵はよしとしなかった。一口でも口にして、気持ちに報《むく》いたい。

真珠《しんじゅ》色の歯で、シャリ……とウサギりんごを齧《かじ》った伯爵に、真っ直ぐ伯爵邸に向かいながら、レオニールは言う。

「弟や屋敷の者たちが心配していたぞ。行き先も知らせずに、急に姿を――」

「あぁ、もう、やかましい！」

そのことは、伯爵もずっと気にしていた。わかりきっていることを、勝手ばかりしているこんな男に説教されたくはない。

伯爵は残ったウサギりんごで、レオニールの口封《くちふう》じを行った。

「坊《ぼっ》ちゃま！　まぁまぁまぁ、よくお戻りになられて……！　ミリ！　湯浴《ゆあ》みのお湯をすぐに沸《わ》かして！　さぁさぁ、レオン様も、どうぞ中に……！」

ケープを肩《かた》にかけ、テラスに出ていたマーゴットが、塀《へい》を越《こ》えてやってくるレオニールと、その腕《うで》に抱《かか》えられた伯爵の姿を発見し、賑々《にぎにぎ》しい声を上げた。知らせを耳にした者が顔を出して伯爵の姿を確認《かくにん》し、奥で仕事をしている者たちに、喜び勇んで教えに走る。伯爵の帰宅の知らせで、屋敷は一気に安堵《あんど》感に包まれた。

マギの声で伯爵が帰宅したことを知り、オースティンは急いで迎《むか》えに出る。

「お帰りなさいませ、旦那《だんな》様……！」

「ただいま、マギ、オーサ。勝手をした」

レオニールの腕から下ろされ、屋敷の床《ゆか》を踏《ふ》んだ伯爵は、心配をかけたことを詫《わ》びて、マーゴットにマントを渡《わた》す。少し疲《つか》れた表情ではあるが、伯爵は血が足りている様子で、バラ色の頬《ほお》をしている。

熱い血を分け与《あた》えてくれるレオニールが一緒なら、伯爵は怪我《けが》を負っても、すぐに治癒《ちゆ》できる。傷は治るだろうが、怪我など負わないほうがいい。優《やさ》しい伯爵は幼い頃《ころ》から、苦しい思いをしても、じっと一人で我慢《がまん》して、泣き言を言わず、知らせなくてすむことならば、マーゴットたちに話さない。伯爵の衣服のどこにも、鉤裂《かぎさ》きのようなものがないことを素早《すばや》く確認し、マーゴットは心底安堵した。

弟伯爵は、ランディオールを御者《ぎょしゃ》にして、公務の為に美術館に出かけている。必ず出迎《でむか》えに来るはずのセルバンティスの姿が見えず、伯爵は眉を顰《ひそ》める。

「……セルバンは？」

手渡《てわた》されたマントを、くるくると手際《てぎわ》よく小さく纏《まと》めたマーゴットは、伯爵に言う。

「奥の医務室でハニーデューク先生に、検査をしてもらっています」

「そうか……」

伯爵の身を案じるあまり、セルバンティスがハニーデュークの言葉に背《そむ》くことがないだろうかと、伯爵はずっと気にかけていた。言いつけを守ってくれて、ほっとする。

セルバンティスがちゃんと屋敷にいるのだとわかって、伯爵はほっとしたが、ハニーデュークが検査を行うということに、すこし引っ掛《か》かりを覚える。楽をすることが大好きな、酔《よ》っ払《ぱら》いのぐうたら医者は、簡単なものなら、シュタインベック医師に任せていたはずだ。何か、気になることがあったのだろうか――。

「さぁさ、まずは湯浴みをなさってくださいまし！」

マーゴットは意図的に、伯爵がセルバンティスのことを心配する時間を取り上げる。

「オーサ、坊ちゃまをお願いしますね。坊ちゃま、すぐお食事を仕度《したく》いたします」

土を叩《たた》きこんだようなフード付きのマントを着ていた伯爵は、何をするより、まず湯浴みが先だ。マーゴットはオースティンに伯爵の湯浴みを任せ、厨房《ちゅうぼう》に向かおうとスカートを持ち上げる。

「あぁ、マギ、食事はいい。とってきたから」

「はい？」

伯爵に振《ふ》り返ったマーゴットは、きょとんと目を瞬《またた》く。

レオニールはマフラーを外してコートを脱《ぬ》ぎ、ソファーに腰掛《こしか》ける。

「食後の紅茶やデザートまで済ませている」

「邪魔《じゃま》しておいて、何を言う……！」

むっとする伯爵を呆然《ぼうぜん》と見つめ、マーゴットは本当らしいと頷《うなず》く。

どこでだかは知らないが、ちゃんとした食事をしてきたようだ。

「……では、レオン様と同じく、お茶を仕度いたしましょう」


急いでお湯を沸かして運んだミリアムは、伯爵の部屋の手前でワゴンを横転させ、それをぶちまけた。

伯爵と廊下《ろうか》を歩いていて、その瞬間《しゅんかん》を真正面から目撃したオースティンは、駆《か》け寄って急いでワゴンを起こし、ミリアムの無事を確かめる。横転したワゴンに突《つ》っ込んで、頭から湯を被《かぶ》ったミリアムだが、伯爵の湯浴み用の湯は温《ぬる》めで、お茶のような熱湯ではないので、幸いなことに火傷《やけど》の心配はない。

「すみませんすみませんすみません……！」

バネ仕掛《じか》けのオモチャのように何度も頭を下げる度《たび》に、温い水飛沫《みずしぶき》を飛ばすミリアムに、伯爵は苦笑《くしょう》する。

「残っている湯で足りる。風邪《かぜ》をひかぬよう先に着替《きが》えてから、片付けろ」

「はい……!」

咎《とが》めることのない伯爵に、ミリアムは再度深々と頭を下げて、桶《おけ》に残った洗面器一杯《いっぱい》分ほどの湯を伯爵の部屋に運ぶオースティンを見送った。


「屋敷に戻《もど》ってきたという気がするな」

部屋に入った伯爵は、くすくすと笑いながら上着のボタンを外してもらい、上着を脱ぐ。ハンガーを仕度して上着を受け取って、オースティンは頷く。

「慣れとは、恐《おそ》ろしいですね」

得体の知れない物音がしても、ミリアムの声が聞こえれば、あぁまたかと思って、誰も気にしない。ミリアムがそこにいるとわかっているのに、不自然な物音や大声が何もしないと、どうしたのかとかえって気にかかる。ミリアムは不器用で気が回らなくて、どうしてくれようかと途方《とほう》に暮れそうになる時もあるが、誠実で優しい娘《むすめ》は、ベルナルド伯爵邸で働く者たちの皆《みな》に好かれている。弟伯爵の執事《しつじ》のランディオールのように、隙《すき》なく賢《かしこ》く立ち回り、何でも器用にこなし、変装して誰かになりすますことのできる者が、他《ほか》にもいたとしても、あのミリアムの役立たず加減を真似《まね》るのは不可能だろう。ミリアムがすごいのは、いつでも本気で精一杯《せいいっぱい》やろうとして、まったくうまくいかないところだ。本気で真剣《しんけん》にがんばって、毎日あれだけ失敗できる者などいない。どんな変装上手にも、絶対に真似できない個性である。

桶にどうにか残ったお湯で濡《ぬ》らしたタオルで、伯爵はオースティンに身体を清めてもらい、さっぱりと身軽になって、綺麗《きれい》な衣服に着替えた。伯爵の髪《かみ》を編んで纏めるのは、セルバンティスの仕事なので、オースティンは金糸のような髪を丁寧《ていねい》に拭《ふ》き、綺麗に梳《くしけず》って艶々《つやつや》させると、リボンを使って簡単にひとつに束ねておくだけに留《とど》めた。

「セルバンの検査は長引きそうなのか？」

検査の途中《とちゅう》に帰宅した伯爵には、セルバンティスがいったいいつから検査を受けているのか、わからない。

「そうですね……、つい先ほど、医務室の方に行かれたばかりなので……。特にセルバンの具合が悪いとは、見えませんでしたが」

日がな一日酒びたりの酔っ払い医者のハニーデュークは、日が暮れてからのほうが本調子で、俄然《がぜん》元気になる。検査を始めて、まだそれほど時間が経《た》っていないことを知った伯爵は、もうしばらくかかりそうだと判断する。

「留守をしていた間の話は、ルディが帰ってきてから始めよう」

伯爵の言いつけを守って、濡れた服をきちんと着替えて、後始末を終えたミリアムは、伯爵とレオニールの為《ため》に、厨房からチーズケーキのホールを運び、それを給仕《きゅうじ》した。不細工に切り分けられた挙げ句、チーズケーキは横倒《よこだお》しになっていたが、食べてしまえば同じなので、伯爵とレオニールは何も言わず、それを口に運んだ。お茶は先にマーゴットが給仕してくれていたが、お代わりは居間に残ったミリアムの仕事だ。お茶一杯でも、ミリアムには予測もつかない危険がつきまとう為、油断ならない。喉《のど》を詰《つ》まらせないよう注意しながら、伯爵とレオニールはゆっくりとチーズケーキを味わう。

美術館での公務が少し長引き、予定より遅《おそ》く屋敷に戻った弟伯爵は、玄関《げんかん》に出ていたオースティンから伯爵が無事に帰宅したことを聞くや否《いな》や、逃《に》げるウサギのような勢いで居間に駆けこみ、ソファーに腰掛ける兄の姿を見つけて飛びついた。

「兄上っ！」

「ルディ」

「兄上兄上兄上ぇぇ……！」

わんわん大泣きする弟伯爵に、どれだけ心配させたのかがわかり、伯爵は胸を痛める。

「ごめん、ルディ……、本当に、ごめん」

ぎゅーっと抱《だ》きつき、大泣きしながら、弟伯爵は何度も首を横に振った。謝ってもらうことなんてない。こうして元気に戻ってきてくれて、嬉《うれ》しくて涙《なみだ》が溢《あふ》れるだけだ。

「ルディ様、お部屋で着替えをすませましょう」

まだ外出着のままの弟伯爵に、ランディオールがそっと声をかけ、伯爵は抱《かか》えた弟伯爵の背を軽く叩いて促《うなが》す。

「着替えてきたら、話をきかせてあげるよ」

「――――はい、兄上」

しゃくりあげながら、弟伯爵は顔をあげ、伯爵は濡れた目元に優《やさ》しくキスを送って、弟伯爵を自室に下がらせた。

出かけた先で伯爵が行方《ゆくえ》不明になったことは、対《つい》の吸血鬼であるレオニールが動いてもどうにもならなかった時に相談しようと、トールキンス侯爵には伏《ふ》せられていた。レオニールと同じく、招待しなくても伯爵邸に勝手に押しかけては迷惑《めいわく》に思われている客だが、騒動《そうどう》を知らないトールキンス侯爵は、夜遅くなる公務の時にはいつもそうであるように、国王ストロハイムと酒宴《しゅえん》を楽しんでいるだろうから、今夜の訪問はないはずだ。

弟伯爵が着替えて顔を洗い、すっきりしてスキップしながら居間に戻る頃《ころ》、勤務を終えたフェルナンドが、裏口からこっそりと伯爵邸を訪問した。

「怪物《かいぶつ》は殲滅《せんめつ》したか？」

我が物顔で伯爵邸の居間で寛《くつろ》いでいるレオニールに、フェルナンドは頷く。

「お前の後始末もしておいた。お前が壊《こわ》した貿易会社の倉庫は、怪物が壊したことになってるよ」

「……貿易会社の倉庫か……」

ふむと伯爵は考える。

「場所は覚えているな、レオニール」

「当然だ」

不遜《ふそん》に応《こた》える声に、伯爵はそっけなく頷いた。にこにこしながら伯爵の声の聞こえる居間に入った弟伯爵は、当然のように兄伯爵の隣《となり》にくっついて座り、ご機嫌《きげん》でぶらぶらと足を動かす。

マーゴットは居間に集まった者たちに、お茶をいれた。

居間には、まだハニーデュークに検査を受けているセルバンティスが来ていないが、弟伯爵は今日は午後から兄の身を案じ、公務もしっかりこなしてきて疲《つか》れている。できるなら早く休ませてやりたいこともあり、伯爵はいつ来るのかわからないセルバンティスを待たずに、話をすることにした。


「馬車置場に、暴走馬車が突っ込んできたことは知ってるな?」

確認《かくにん》する伯爵に、皆は頷く。

「その事故に、乗合馬車が巻き込まれ、その時たまたま近くにいたわたしは、乗客と間違《まちが》えられ、その乗合馬車に乗せられてしまったのだ」

襟《えり》を掴《つか》まれて放り込まれたことは、格好悪いので伏せておく。

「自分の調べたところでは、その乗合馬車は、都を定期運行しているものではなく、乗合馬車を貸し出している業者から、貸し出されたものでもありませんでした。——厳しい軍の確認さえパスして、都を走っている、同じ形をした、偽《にせ》の乗合馬車です」

口を挟《はさ》んだフェルナンドの言葉に皆は驚《おどろ》き、伯爵はなるほどあれはそんな馬車だったのかと頷いて、話を続ける。

「乗合馬車には次から次に人間や荷物が押しこまれて、身動きできなかったが、間違いで乗せられたのだから、わたしはどこかで降りて帰るつもりだった。だが、乗合馬車を動かす前に、御者《ぎょしゃ》は外にいた男に呼びかけたのだ。『ダルドリー親方』と」

ダルドリー親方といえば、考古学者エルンストの失踪《しっそう》に、何か関係のありそうな男だ。しかも、大勢の男たちを、割のいい賃金で鉱山の仕事に誘《さそ》っておきながら、鉱山に入った事実はない。ダルドリー親方のことを調査しようとしたフェルナンドは、殺し屋に襲《おそ》われている。

「乗合馬車に乗っていた者たちを観察したところ、失踪前のエルンストが鉱山で働こうとしていたように、力仕事に従事しそうな者たちばかりだった」

第十楽輪　咲く花散る花

伯爵がたまたま間違いで乗せられてしまった乗合馬車の様子は、エルンストの失踪時を髣髴《ほうふっ》とさせるものだった。ダルドリーが彼らをどこに連れて行こうとしているのか、興味を覚えた伯爵は、潜入捜査《せんにゅうそうさ》を行うことに決めたのだ。

「……何て危険なことを……！」

マーゴットは伯爵の話を聞くうちにどんどん視線を落とし、低い声で呟《つぶや》いた。

稼《かせ》ぎのいい肉体労働に従事しようという男たちの中に、伯爵のような人間が入るなんて、狼《おおかみ》の群れに羊を投げ込むようなものだ。いくら伯爵が人を超《こ》えた力を持ち、魔眼《まがん》を使えても、それで何もかも解決できて無傷ですむという保証はない。

「いや、特に危険はなかった。昨日、レオニールに聞いたことが役に立ったから」

「――――レオン様……！」

ぎりっとマーゴットに睨《にら》まれ、レオニールは急いで視線を逸《そ》らし、知らん振《ぷ》りをした。慈母《じぼ》のような雰囲気《ふんいき》の伯爵邸のメイド頭《がしら》は、怒《おこ》らせると怖《こわ》い。機嫌を損《そこ》ねたくない相手だ。

「どんなことを聞いたのですか？　兄上」

もし何か、自分にも参考になることがあるならと、尋《たず》ねた弟伯爵に、伯爵はにこりと微笑《ほほえ》む。

「それほど大層ではないが、重要なことだ。最初に有無《うむ》を言わさぬ力で圧倒《あっとう》して脅《おど》かして、場の主導権を握《にぎ》れば、後は楽に事を運べるのだそうだ」

部屋の番をしている男たちに不当な請求《せいきゅう》をされたので、それを退ける為《ため》に、身長差や体格差をものともせず、伯爵は頭突《ずつ》きで一人を気絶させ、腕《うで》を摑んできた男を投げ飛ばした。

「確かに効果はあった。ディンプスたちも、同じ乗合馬車に乗ってた人たちも、とても友好的に話を聞かせてくれたぞ」

伯爵は、天使のような笑顔《えがお》で、にっこりと微笑む。

「兄上、さすがです……！」

純真で世間知らずな弟伯爵は、目をきらきらさせ、頰《ほお》を上気させて伯爵を見つめ、尊敬する。

(違《ちが》うだろ、それ☆)

ランディオールは心の中で、弟伯爵にツッコミをいれるだけに留《とど》める。

見せ付けた人外の力と、伯爵の外見とのあまりのギャップの大きさに、ディンプスたちは竦《すく》みあがったのだろうと、フェルナンドたちは正しく理解する。

得体の知れない恐怖《きょうふ》で圧倒されたのだろうが、金の髪《かみ》の見目麗《みめうるわ》しい少年伯爵には、匂《にお》い立つ高貴なカリスマ性があり、庇護《ひご》欲を刺激《しげき》する可憐《かれん》さがある。呑《の》まれたのも確かだが、伯爵に喜んでもらえれば、至福の優越感《ゆうえつ》に浸《ひた》れるし、綺麗《きれい》で可愛《かわい》いものを愛《め》でられる。癒やしと眼福を得ることができる。――――喧嘩《けんか》上等とレオニールが教授したのとは、ちょっぴり違《ちが》う意味で、ノックアウトされたに違《い》いない。

「とにかく、部屋にいた者たちから、聞けるだけの話は聞いた。乗合馬車で来た者たちは、エルンストの時に聞いたのと同じに、ダルドリー親方に誘われて、鉱山で作業する為に来たらしい。提示されていた金額は、住み込み一ヶ月の労働で金貨十枚。破格の報酬《ほうしゅう》だ。乗合馬車で運ばれて、周りを見る間もなく、ディンプス兄弟のいる部屋に入れられた。入ってきた扉《とびら》は、外から閉められた。もう一方の扉の鍵《かぎ》は、ディンプスが持っている。作業する為に、部屋を出られるのは一日に五人。その五人はディンプスたちが選ぶ。ディンプスたちは、扉を開けて送り出すだけで、その五人がどこに連れられていくのか、細かいことは知らない。部屋を出て行った者は、ディンプスたちのいる部屋には戻《もど》ってこない。完全な一方通行だ」

部屋に残った人間たちには、きちんとした食事が与《あた》えられる、はずなのだが、その費用のうちのほとんどは、料理になる前にディンプスたちに搾取《さくしゅ》されてしまって、いつもはろくなものが出ない。今晩、支給されている金額を上回る料理で、食後のお茶とデザートまで出たのは、伯爵が自分一人だけ立派な料理を食べることに難色を示したからだ。わたしはいいから、お前たちで食べろなどと、きらきらと眩《まぶ》しい笑顔で言われれば、伯爵にも美味《おい》しく食事してもらう為に、ディンプスの財布《さいふ》の紐《ひも》なんて緩々《ゆるゆる》に緩む。伯爵を囲んで宴会《えんかい》のように豪華《ごうか》な食事になってしまっても、不思議はない。――――高位の貴族である伯爵にとって、屋敷《やしき》の外で大勢でとる豪華な食卓《しょくたく》は『普通《ふつう》』なので、特に何も思わなかったのだが。

ダルドリーは、乗合馬車に乗せて三十人ほどの男たちを定期的に運んでくる。ダルドリーの役目はどうやら連れてくるだけで、伯爵を捜《さが》しにきたレオニールが壁《かべ》をぶち壊《こわ》して侵入《しんにゅう》を試みた貿易会社の倉庫に長居はしない。部屋に男たちがいないときには、ディンプス兄弟は外出することもできるが、目隠《めかく》しされて馬車に乗せられ、都の南の外れにある森に連れて行かれて解放される。同じ森の同じ場所に迎《むか》えに来る日時が指定され、遅《おく》れたり、詮索《せんさく》すれば、関係はそこで終わる。

ダルドリーは、男たちを集めて連れて行くだけ。ディンプス兄弟は、どこだかもわからない場所で、部屋の管理人として、集められた男たちを一日に五人ずつ、作業場に送り出すだけ。部屋を出て行った男たちが、どこで何をしているのかは、わからない。

男たちに支給される食事には、それなりの金額がかけられているので、ディンプス兄弟は食事を担当している者に言って、一部を金にしてもらって、安く上げた食事を作ってもらっていた。

腕のいい殺し屋を雇《やと》ったり、破格の金額で作業員を集めたり、十分な食事を与えたり。軟禁《なんきん》状態での仕事だが、ディンプス兄弟はそれでも不満に思わず、絶対に口外しないという怪《あや》しい条件を受け入れている。ダルドリーに集められた作業員は、乗合馬車に乗せられる前に健康状態をチェックされ、簡単な面接を受けていた。作業に就《つ》いてからも、働きのいい者は優遇《ゆうぐう》されると聞かされたので、彼らは誰《だれ》とも馴《な》れ合わず孤立《こりつ》した状態だった。


「明日には、五人がどこに向かうか、調べてもらう手筈《てはず》になっている」

晴れやかに言った伯爵に、弟伯爵は悲しい顔になる。

「明日もお出かけになるんですか……?」

「わかるところまでは、調べたい」

「レオンの勤務は明後日からです」

フェルナンドの言葉に、伯爵の身を案じる者たちは肩《かた》に入っていた力を抜《ぬ》く。

当然のように、レオニールが伯爵に同行することになるようだが。

「一緒《いっしょ》に行ってほしいのか?」

レオニールに薄笑《うすわら》いを浮《う》かべながら尋ねられ、伯爵は機嫌《きげん》を悪くする。

「我が下僕《しもべ》に、選択《せんたく》の自由などない!」

伯爵が決めたことが、絶対。

皆《みな》の前で堂々と所有を宣言し、断言する伯爵に、レオニールはにやりと笑う。

「我が主《あるじ》の意のままに」

軽くノックし、セルバンティスを連れ、肩に一匹《ぴき》のレミングを乗せて居間に入ってきたハニーデュークは笑う。

「場所がわかってるのだから、今度は心配させないように行ってくれればいいよ」

今まで同席していなかったが、話は筒抜《つつぬ》けになっているらしい。

「セルバンくんなら、鍵開けも得意だから、扉を壊す必要もないしねぇ」

予備の物ではない、ハニーデューク特製の義手の右手を装着したセルバンティスは、にこりと伯爵に微笑む。

『お帰りなさいませ、坊《ぼっ》ちゃま』

「遅《おそ》くなった」

ふわりと微笑み交《か》わして、セルバンティスは伯爵の為にお茶をいれなおして運び、伯爵の近くに控《ひか》える。見慣れた主従の姿を視界に収めて、皆はほっとする。

開錠《かいじょう》の技術は、フェルナンドにとって正直ありがたい。

(これで、レオンが壊した扉の言い訳を考えなくてもすむ……)

「貿易会社の倉庫は、怪物《かいぶつ》に壊されたことになってますので、立ち入り禁止になっているかもしれません」

「あぁ、やっぱり来たか」

ディンプス兄弟の部屋で、マントを脱《ぬ》いだ伯爵は、怪物が来るだろうかと試《ため》していた。伯爵を求めて、怪物がやってきたのだから、あの倉庫の建築に、宮廷建築家は関与《かんよ》していないようだ。

可愛らしい顔をして、大胆《だいたん》な伯爵に、フェルナンドは溜《た》め息をつく。

「無茶《むちゃ》なさらないでください……」

レオニールが来るだろうと、信頼《しんらい》しての行動なのだろうが、フェルナンドは頭が痛い。

「これで、あの貿易会社の倉庫についても調べられるだろう？」

ぬけぬけとレオニールに言われ、フェルナンドは渋《しぶ》い顔になる。

怪物に襲《おそ》われた（ことになっている）建物は、誰の所有する何で、いつからそこにあるのか、何人の人間がどのように出入りしているのか、一通り調べて、今後の参考にして、怪物の起こす悲劇や破壊《はかい》への対策を練ることになっている。

「引き払《はら》って、逃《に》げてる可能性が大だ」

悪事の拠点《きょてん》は速《すみ》やかに変更《へんこう》されるものだと主張するフェルナンドに、紅茶で喉《のど》を潤《うるお》して、伯爵は考える。

「わたしがいたのは、地下だった。たぶん……、ディンプスたちが移動することはないと思う」

都の地下に広がる坑道《こうどう》。絵本で覚えていた世界を、伯爵は酷《ひど》く生々しく感じた。ディンプスの開く扉の先に、あの世界があるように思えてならない。

「行けばわかる」

簡潔なレオニールの言葉に、伯爵は頷《うなず》く。

一日に五人の男たちが向かう場所に、まだエルンストはいるのだろうか。それとも、そこからどこかに行ったのだろうか。

セルバンティスを連れた伯爵が、レオニールと貿易会社の倉庫に向かうのは、日が落ちてからと決まった。

フェルナンドに促《うなが》され、退出しようとしたレオニールは、つと足を止める。

「どうした？　レオン」

「いや……」

くんと鼻を動かしたレオニールは、やにわに弟伯爵のほうを向く。

「何だ？」

伯爵は眉《まゆ》を顰《ひそ》めて、弟伯爵に近づくレオニールを見つめた。それ以上近づくなと、弟伯爵の前に伸《の》ばした伯爵の腕《うで》を、レオニールは難なく摑《つか》んで止める。

「おい……！」

伯爵の制止も無視したレオニールに、すっと顔を近づけられ、弟伯爵はびっくりしてソファーの背凭《せもた》れにくっつく。動いた弟伯爵を追いかけて、レオニールは顔を寄せる。

レオニールの行動には衝動的《しょうどう》なものが多いが、まったく意味のないことはしない。

『レオン隊長？』

止めたほうがいいのだろうかと、セルバンティスはレオニールの動作に困惑《こんわく》する。

兄の対《つい》たる男の急接近に、弟伯爵はうろたえる。

「あ、あの、あの……!?」

（うわ、隊長さんって、睫毛《まつげ》長い！　顔綺麗《きれい》っ！）

今までこんな至近距離《きより》からレオニールを見たことのなかった弟伯爵は、思わずレオニールを凝視《ぎょうし》する。

精悍《せいかん》な面差《おもざ》しは、間近でも観賞に耐《た》えるほどに、男性らしく格好いい。黒い髪《かみ》は、さらさらだ。熱い血を分けてもらうとき、この男の首筋に、伯爵は唇《くちびる》を触《ふ》れさせているわけで……！

「レオン隊長、ルディ様まで誑《たぶら》かさないでください！」

ランディオールも咎《とが》めたが、目を閉じたレオニールは、耳まで真っ赤になった弟伯爵の顔の真ん前まで、自分の顔を寄せる。

レオニールに腕を掴まれたまま、伯爵はランディオールの物言いに、これは聞き捨てならないと憤慨《ふんがい》する。

「ルディまでとは、どういうことだ!?」

誑かされた、だと!?

（っと、ヤベ☆）

つるりと口を滑《すべ》らせてしまったランディオールは、伯爵に睨《にら》まれて慌《あわ》てて視線を逸《そ》らし、レオニールたちのカップを片付ける振《ふ》りをして、そそくさとその場を離《はな》れた。

遠い目をしてフェルナンドは、やはりそう見えているかと、ランディオールの背中に温《ぬる》い眼差《まなざし》しを送る。

(確かに、こいつは『男を堕《お》とせる男』だよ……)

揺《ゆ》るぎない信頼と憧《あこが》れ。将来有望な青年将校、レオニールの一言で一喜《いっき》一憂《いちゆう》する連中が、軍に何人いることか。考えるだけで恐《おそ》ろしい。

伯爵たちのいるソファーを見つめ、ミリアムは、胸の前でぎゅーっと手を握《にぎ》る。

(何⁉　いったい何が起ころうとしているの⁉　あぁ、胸が苦しいっ……！)

真っ赤になっているミリアムに、ランディオールの運んできたカップを受け取って、マーゴットは注意する。

「息を吸いなさい、ミリ」

無意識に呼吸を止めていたのだから、苦しいはずだ。言われるままに、すーっと息を吸ったミリアムは、そのまま後ろにひっくり返り、そんなこともあるかもと腕を伸ばしていたオースティンに受け止められた。救いを求めるようなオースティンの視線に、ハニーデュークは手でしっしっと追い払うゼスチャーをする。

「ルディから離れろ、無礼者っ！」

「――――同じ匂《にお》いがする」

伯爵と弟伯爵は、レオニールの言葉にきょとんとし、何を今更《いまさら》と困惑する。

「……それは、同じ匂いもするだろう」

一卵性《いちらんせい》の双子《ふたご》なのだし？　ねぇと弟伯爵と伯爵は、目を見合わせる。

言い切った伯爵に、レオニールは何だか納得《なっとく》できない物を感じながらも、静かに顔の位置を戻《もど》し、伯爵の手を放して二人から離れる。

（何の匂いだったか……）

花の匂いのような気がするのだが。


コートとマフラーを身につけたレオニールは、塀《へい》を飛び越《こ》えて伯爵邸を去り、そのレオニールを目撃《もくげき》したフェルナンドは、恐縮《きょうしゅく》しながら裏口から伯爵邸を出た。

寝室《しんしつ》に下がった弟伯爵のところに、伯爵は少しだけ顔を見せる。

「兄上！」

寝台に入っていた弟伯爵は、嬉《うれ》しそうに身を起こし、寝《ね》かしつけようとしていたランディオールは苦笑いして寝台から離れる。

「横になって、ルディ」

「はい、兄上」

優《やさ》しく促され、弟伯爵は、いそいそと寝台にもぐりこむ。

「兄上も、一緒《いっしょ》にお休みになりますか？」

朝、起こしに行って一緒に入った寝台は、ぬくぬくとして気持ちよくて、とても幸せな気分になった。

期待に満ちた目で尋《たず》ねられ、伯爵は微笑《ほほえ》む。

「いや。今日はお前が寝付くまで、ここにいるよ」

「そんな、もったいなくて、眠《ねむ》れません－！」

「目を閉じて」

そっと伯爵に手で促され、くすぐったそうに笑いながら、弟伯爵は目を閉じ、伯爵と右手を繋《つな》ぐ。

ランディオールが部屋の明かりをいくつか落として薄暗《うすぐら》くし、目を閉じた弟伯爵は、小さな声でぽそぽそと兄伯爵に話しかけながら、だんだんと眠りに落ちていった。

幸せそうな笑《え》みを浮《う》かべ、穏《おだ》やかに眠る弟伯爵の額にひとつキスして、伯爵は弟伯爵の寝台から離れる。

「ランディ……」

弟伯爵の眠りを妨《さまた》げぬよう、小さな声で呼ばれ、弟伯爵の明日の衣類を仕度《したく》していたランディオールは、手を止めて振り返る。

「はい」

伯爵はランディオールに近づき、静かに口を開く。

「今日、わたしがいなくなって、どれほどルディが取り乱したか、マギに聞いた。ルディはきっと、わたしよりも、喪失《そうしつ》に慣れていない。世話をかけると思うが、この先も、便宜《べんぎ》を図《はか》ってやってくれ」

『ベルナルド伯爵』として、ちゃんと見送れるように――。

凶兆《きょうちょう》の双子の片割れとして、人里離《はな》れた場所で、老女とランディオールに世話されて、弟伯爵は育った。時折、祖父トールキンス侯爵が訪《おとず》れたりもしたが、接してきた人間の数はごく少数に限られ、増えることも減ることもなかった。

八歳の時に祖母が病で他界し、十四歳のときに事故で両親が亡《な》くなっても、それを聞いた弟伯爵は、他人事《ひとごと》のように受け取った。この世を去ったその人たちは、血の繋がりの濃《こ》い肉親であっても、弟伯爵にとっては、言葉を交《か》わしたこともない、ただ遠くから見て、知っているだけの人たちだった。

肉親として、兄に愛情たっぷりに接してもらって可愛《かわい》がられ、弟伯爵はようやく本物の家族を得た。畏怖《いふ》のほうが大きく、よそよそしく接することしかできなかった祖父トールキンス侯爵にも、兄と一緒にいることで、ようやく親しく話をすることができるようになってきた。

心を許し、甘えることや許されることを覚えて、以前よりもずっと、弟伯爵の感情表現は豊かになった。

『ベルナルド伯爵』になって表の世界に出、たくさんのものを得た弟伯爵は、今や、うしなうものもたくさんあるのだ。

(この方は――――)

ランディオールは、幼い頃《ころ》から仕えている若君とまったく同じ容姿の兄君を、静かに見つめる。

人外の身となっても、あくまで前向きで、ちっとも落ち着かず、いろいろと無茶《むちゃ》をし、勝手をしているような伯爵だが、誰《だれ》よりも周りの者たちのことを気にかけている。

大事にしたい、もっとも大切な人を、伯爵はランディオールに託《たく》した。

伯爵の前に、ランディオールは片膝《かたひざ》をついて腰《こし》を落とす。

「……どうぞ、お任せくださいませ」

全身全霊《ぜんれい》をかけて期待に応《こた》えようと誓《ちか》うランディオールを見つめ、伯爵は小さく頷《うなず》いた。

弟伯爵の部屋を出た伯爵は、廊下《ろうか》で控《ひか》えていたセルバンティスと、自室に向かう。その途中《とちゅう》に、ワインの瓶《びん》とグラスを持ったハニーデュークがいた。

「晩酌《ばんしゃく》は一人で楽しめ」

今日の伯爵はいつものようにお昼寝《ひるね》をしていないし、予定外の潜入《せんにゅう》調査を行って、心身ともに疲《つか》れている。夜更《よふ》かしはしないで、休むつもりだ。

つれない伯爵に、ハニーデュークはくすくすと笑う。

「じゃあ、伯爵サマの可愛い寝顔《ねがお》を肴《さかな》にしようかなー」

寝室について入るハニーデュークに、伯爵は呆《あき》れる。

「本当に悪趣味《あくしゅみ》だな」


追い払《はら》われなかったので、伯爵の寝室に入りこんだハニーデュークは、勝手に椅子《いす》に腰掛《こしか》けて、手酌《てじゃく》でワインを味わう。

「セルバンくんの義手は、改良型に換《か》えたよ。これでもう、この前みたいに壊《こわ》れることはないからね」

セルバンティスに手伝ってもらって寝間着《ねまき》に着替《きが》えながら、伯爵は頷く。

「そうか」

見た目にはどう変わったのかわからないが、こんなことでハニーデュークは嘘《うそ》をつかない。わざと一見しただけではわからないようにして、改良したのかもしれない。

「シュタインベックと貴様が、セルバンティスの検査を行ったのだな?」

「僕のやった検査の結果が出るのは、明日の晩、くらいかな。伯爵サマ、セルバンくんにあまり無茶させないでね？」

ハニーデュークがセルバンティスの検査を行ったのは、シュタインベック医師の検査で、気になる結果が出たからだ。ハニーデュークは生活態度のいい加減な酔《よ》っ払《ぱら》い医者だが、医療行為《いりようこう》において、いい加減なことは絶対にしない。患者《かんじゃ》や関係者を無駄《むだ》に脅《おど》すようなこともしないので、ハニーデュークは注意するだけで、今は何も言わない。

「過酷《かこく》な肉体労働には、適したヤツがいる」

セルバンティスがわざわざ手を出すまでもないと伯爵は言って、セルバンティスに上掛《うわが》けを捲《めく》ってもらって寝台に入る。

『おやすみなさいませ、坊《ぼっ》ちゃま』

「おやすみ、セルバン」

「伯爵サマ、いい夢を」

セルバンティスに優しく寝かしつけられる伯爵を、にこにことハニーデュークは見つめた。

『(――――ハニーデューク先生?・)』

本当にここで晩酌を続けるつもりかと、セルバンティスに目で問われ、笑ったハニーデュークは腰を上げる。

「じゃあ、またね」

ひらひらと手を振《ふ》って、伯爵の寝室を出るハニーデュークを、セルバンティスはお辞儀《じぎ》して見送った。

第十一楽輪　花の嵐

心底安堵《あんど》して、気が緩《ゆる》んだのか、弟伯爵は翌日、熱を出して寝《ね》こんだ。

夕方から、ベルナルド伯爵は、都に新しくできたレストランでの晩餐会《ばんさんかい》に出席することになっている。

「すみません、兄上……」

ふうふうと真っ赤な顔をした弟伯爵は、熱で潤《うる》んだ目で詫《わ》びる。寝台《しんだい》から手を伸《の》ばした弟伯爵と手を繋《つな》いでいる伯爵は、邪魔《じゃま》にならない位置に立って診察《しんさつ》を見守る。

「どうだ？　シュタインベック」

「ご心配には及《およ》ばないかと。お出かけまで安静にしてゆっくりお休みになれば、よろしいでしょう。不調というほどのものでもありませんので、晩餐会には、念のため解熱剤《げねつざい》を服《の》んで行かれればよろしいですよ」

「そうか」

「僕、がんばって熱を下げますから……！」

「無理はしなくていい」

「でも……」

弟伯爵が動けなければ、兄伯爵は『ベルナルド伯爵』として晩餐会に出席するだろう。今夜は、昨日、手がかりを見つけてきた貿易会社の倉庫に向かう予定になっているのに。

「晩餐会より何よりも、わたしはお前が大切だよ、ルディ」

診察を終えたシュタインベック医師が、看護師のセシリアとともに下がった後、優《やさ》しく呼びかけた伯爵に、ぶわっと弟伯爵は目を潤ませる。

「兄上〜〜〜！」

ベルナルド伯爵の公務は大切だが、不慮《ふりよ》の体調不良を、まったく起こさないということはない。

晩餐会にも、貿易会社の倉庫にも行かないと言った伯爵の言葉を聞いた弟伯爵は、すうっと深い眠《ねむ》りに落ちた。ランディオールが水枕《みずまくら》と濡《ぬ》れタオルを交換《こうかん》し、伯爵はそっと弟伯爵の寝室《しんしつ》を退出する。熱い血の温存の為《ため》、伯爵は日課となっている日光浴を、温室で行わなければならない。

「悪い人だね、伯爵サマ」

揶揄《やゆ》するハニーデュークの前を、伯爵は澄《す》まして通り過ぎる。

「嘘をついたわけではない」

「それはね」

くすくすとハニーデュークは笑う。


弟伯爵が熱を出したのは、伯爵をどこにも行かせたくなかったからだ。そんなことはできないと頭ではわかっている。我が侭《まま》を言っても通らない生活をしてきた弟伯爵は、我慢《がまん》することに慣れている。覚えたての甘えは、押しこめられようとして葛藤《かっとう》し、発熱という症状《しょうじょう》となって現れて、伯爵を引き止めようとした。

それを正しく理解していた伯爵は、弟伯爵がもっとも望むだろう言葉を与《あた》えて、安心させた。

昼頃《ごろ》には、弟伯爵の熱はすっきりと下がり、診察したシュタインベック医師は、危惧《きぐ》していた晩餐会にも、これなら問題なく出席できるでしょうと伯爵に報告した。


勤務の空き時間を利用して、フェルナンドは伯爵邸を訪問する。

温室にいた伯爵は、フェルナンドをお茶に招いて話を聞いた。

「伯爵がおられたのは、モルダー商会という貿易会社の倉庫です。創業二百余年の歴史ある会社で、王宮にも商品を納入しています」

「信用と実績がある、ということか」

伯爵の言葉に、フェルナンドは頷《うなず》く。

「伯爵がお乗りだった乗合馬車ですが、そのような馬車の出入りはこれまで一度も確認《かくにん》されておりません。該当《がいとう》する時間に到着《とうちゃく》したのは、商品の搬入《はんにゅう》馬車です」

「上から幌《ほろ》布をかけて、偽装《ぎそう》されていたからな」

荷馬車との見分けがつかなければ、どのくらいの頻度《ひんど》で、人間を乗せた偽装馬車が到着しているのか、わからない。

「モルダー商会は、今回、怪物《かいぶつ》に建築物を破壊《はかい》され、怪物に襲《おそ》われて負傷者を出した被害者《ひがいしゃ》ということになっています。モルダー商会の顧客《こきゃく》は、高位の貴族や軍の高官にも大勢います。モルダー商会の社長は、大富豪《だいふごう》で、納税者リストの上位に名を連ねるような高額納税者です。あちらこちらから圧力がかかると思われますので、建物の中に踏《ふ》みこんで、詳《くわ》しい調査を行うことは、残念ながら不可能です」

結局、どんな場所で、どういう人物が関与《かんよ》しているのかがわかっただけだが、これ以上の調査は、フェルナンドの身を危《あや》うくする。

「わかった。ありがとう」

「たいしてお役に立てませんでした」

「いや、十分だ」

とてもよくやってくれたと労《ねぎら》われ、フェルナンドは恐縮《きょうしゅく》しながら、お茶とお菓子《かし》をいただいた。

「行ってきます、兄上」

夕方になって日が落ち、温室から居間に移動した伯爵は、外出着に着替《きが》えた弟伯爵に声をかけられ、読んでいた本から顔を上げる。

弟伯爵の顔色はすっかりよくなっていて、熱を出していたような雰囲気《ふんいき》はない。

「無理しないように、ルディ。具合がよくなかったら、我慢せずすぐに帰ってくればいい。食べたくないものには、手をつけなくていいから。ランディ、注意して見ててくれ」

「はい。かしこまりました」

ランディオールは神妙《しんみょう》な様子で伯爵にお辞儀《じぎ》し、弟伯爵は困った顔で笑う。

「もう、心配性《しんぱいしょう》だな、兄上は。できないことばっかり言わないでください」

本当に『ベルナルド伯爵』がそんなことをすれば、大変なことになる。晩餐会に出席するストロハイム国王とジョシュア王子は気を悪くするだろうし、伯爵の残した料理を調理した料理人は、食べられないようなものを供したとお咎《とが》めを受け、悪くすれば店を解雇《かいこ》されるだけではすまなくなる。

「兄上、本当に、大丈夫《だいじょうぶ》ですから」

伯爵に心配されるのは、申し訳ないと思うと同時に、くすぐったくて恥《は》ずかしい。

頰《ほお》を染めた弟伯爵は、はにかむように微笑《ほほえ》みながら、伯爵に見送られ、ランディオールを御者《ぎょしゃ》に、オースティンを付き人にして、晩餐会に出かけていった。


「元気そうだったぞ」

「ルディは貴様と違《ちが》ってデリケートだ」

午後に伯爵邸を訪問したフェルナンドから、レオニールは今日の午前中弟伯爵が発熱して臥《ふ》せっていたことを聞いていた。弟伯爵に大事を取らせ、兄伯爵が晩餐会の方に出かけるのかもしれないとレオニールは思ったが、杞憂《きゆう》に終わったようだ。

玄関《げんかん》を入った伯爵は、ホールのピアノの横にいたレオニールの前を、セルバンティスを連れて通り過ぎる。

「着替える」

「めかしこんで行くような場所ではないがな」

弟伯爵が外出するときには、伯爵も同じ服装で出かける。公務の時にも同じものに着替えるので、これから伯爵が行こうとしている場所のことを考えると、かなり場違いだ。

雨が降るという予報は出ていなかったが、空は雲が多く、月の姿を隠《かく》していた。

伯爵の部屋のバルコニーに男の影《かげ》を見つけ、セルバンティスはカーテンを開き、掃《は》き出し窓《まど》を開ける。

着替えを終えて歩み寄る伯爵の気配を、バルコニーに立つレオニールは、背中を向けたまま感じる。

「月がないのは残念だな」

「月がないほうが、都合がいいのではないのか？」

非合法の内緒《ないしょ》の捜査《そうさ》。モルダー商会の倉庫に、これから忍《しの》びこもうというのだ。暗闇《くらやみ》に乗じるほうが、人目につきにくく、動きやすいはずだ。

振《ふ》り向いて、晩餐会用の晴れ着に着替えた伯爵を見つめ、レオニールはにやりと笑う。

「お前は月の光を浴びているときが、一番美しく見える」

冗談《じょうだん》に聞こえないレオニールの言葉に、口説かれるような姫君《ひめぎみ》ではない伯爵は呆《あき》れる。

「月の女神《めがみ》が寛容《かんよう》なのだ」

人としての道を外れた、こんな呪《のろ》わしい命にも、慈悲《じひ》深くその光を降り注いでくれるのだから。


人を守る為、傷つき、己《おのれ》の手を汚《よご》すことも厭《いと》わず戦い進む青年将校が、ここにいる。

人を守り、賢《かしこ》く導こうと、敢然《かんぜん》と死を退けた少年伯爵が、ここにいる。

熱く滾《たぎ》る血に満ちた男は、貴族の礼を送り、金の髪《かみ》の少年伯爵の前に、片膝《かたひざ》をついて腰《こし》を落とす。

「伯爵、ベルナルド」

そっと手を差し出すレオニールに、金の髪の見目麗《みめうるわ》しい少年伯爵は、観念するように一度目を閉じ、小さく頷く。

「この夜の静寂《せいじゃく》に相応《ふさわ》しい、血の契約《けいやく》を」

それは禁忌《きんき》の儀式《ぎしき》。命を結ぶ、赤の絆《きずな》。

伯爵が差し出した白い手の甲《こう》に、青く燃え立つような瞳《ひとみ》の将校は口づけをひとつ落とし、その柔《やわ》らかな掌《てのひら》を己の首筋へと導いた。

熱く脈打つ将校の身体《からだ》を潤《うるお》しているのは、甘く芳《かぐわ》しく薫《かお》り立つ血。誰《だれ》より熱く滾るこの血は、高貴にして誇《ほこ》り高い少年伯爵の為《ため》だけにある。ゆるりと冷たく凍《こご》え行く、金の髪の少年伯爵の身体を、内から熱くし、たっぷりと潤すことのできる唯一《ゆいいつ》のもの。

優雅《ゆうが》に舞《ま》って甘い蜜《みつ》を求める蝶《ちょう》のように、金の髪の少年伯爵は重さを感じさせない動作で青年将校に向かってそっと身を屈《かが》めた。首筋に触《ふ》れさせられた手を肩《かた》に置き、導かれた場所に唇《くちびる》を寄せる。吐息《といき》で触れた唇の下で、日焼けした皮膚《ひふ》が、熟《う》れきった果実のように弾《はじ》けた。

何度血を貰《もら》っても、行為《こうい》に慣れない伯爵は、唇の柔らかな部分で真紅《しんく》の熱い迸《ほとばし》りを受け、びくりと身を震《ふる》わせる。血を受け取らねばならないのに、反射的に逃《に》げを打つ細い腰を、レオニールは腕《うで》を伸《の》ばし、強引《ごういん》に引き寄せる。

青年将校から溢《あふ》れ出る、熱く滾る命の象徴《しょうちょう》が、金の髪の少年伯爵に注ぎこまれ、二つの命がひとつに繋《つな》がる――――。

血を与え、血を受け取る。

それは二人だけに許された禁断の儀式。

伯爵の唇が離《はな》れると同時に、伯爵の為に血を溢れさせていたレオニールの首筋の傷は塞《ふさ》がり、一筋零《こぼ》れた血がぐるりと首を巡《めぐ》って、首輪のような紋様《もんよう》を描《えが》く。

レオニールから一歩離れ、姿勢を正した伯爵は、菫色《すみれいろ》から真紅に変わった瞳でレオニールを見据《みす》え、凛《りん》とした涼《すず》やかな声で命じた。

「行け！　レオニール」

人の形をした黒き獣《けもの》の動きで、弦《つる》から放たれた矢のように、レオニールは闇《やみ》に向かって飛び出した。

行き先は、昨日訪《おとず》れた貿易会社の倉庫。

「行くぞ、セルバン」

怪物を呼び寄せないよう、フード付きのマントを肩にかけると、伯爵は軽《かろ》やかにバルコニーの床《ゆか》を蹴《け》って、屋敷《やしき》の屋根に上がる。

『はい、坊《ぼっ》ちゃま』

執事《しつじ》コートに仕込まれた、コウモリの翼《つばさ》を模したハンググライダーを広げたセルバンティスは、腕を広げた伯爵を胸にしっかり抱《だ》き締《し》めて、伯爵邸の屋根から飛び立つ。

昨夜、怪物《かいぶつ》の襲来《しゅうらい》を受けた町は、怪物の再来を警戒《けいかい》し、まだ早い時間にも拘《かか》わらず、ひっそりと静まり返っていた。

「今日はまだ、どこにも怪物は現れていないな」

巡回兵《じゅんかいへい》による発火弾《だん》の合図がないか、気にしながら進んでいたレオニールは、静かにモルダー商会の中庭に降り立つセルバンティスと伯爵を見つめる。

闇を切り取ったような漆黒《しっこく》の人工の翼は、その胸に抱かれる金の髪の見目麗しい少年伯爵のせいか、硬《かた》いパイプと布でできているだけなのに、それは酷《ひど》く優雅で、儚《はかな》げに見えた。

昨日レオニールが奇襲《きしゅう》をかけ、そこにいた者たちを遠慮《えんりょ》なく吹《ふ》っ飛ばしたモルダー商会は、まだ現場検証の途中《とちゅう》らしく、破壊《はかい》された壁《かべ》の前にロープを張って立ち入り禁止にし、検証中を示す札がかかっていた。現場検証が終わるまでは、モルダー商会のこの倉庫はしばらく仕事にならないだろう。

「――――誰かいるのか!?」

伯爵たちの気配に気づいたらしい、警備員がランプと銃《じゅう》を手に、奥から姿を現す。

対峙《たいじ》しようとするレオニールを、腕を出して制し、伯爵は前に出る。

星明りすら乏《とぼ》しい、真っ暗な中庭に佇《たたず》むのは、みすぼらしいフード付きのマントの下に、立派な服を纏《まと》った金の髪の麗人《れいじん》。

貿易商のモルダー商会は、骨董《こっとう》品や古い美術品も扱《あつか》う。いわくありの物には、何かが憑《つ》いていると実《まこと》しやかに語られることもある。何もなくても、それっぽく見える物もある。茶飲み話に、面白《おもしろ》がって幽霊《ゆうれい》話を語る者は多い。

泥棒《どろぼう》の類《たぐい》の不審《ふしん》者にしては、それはあまりにも美麗《びれい》で、身なりがよすぎた。ありえない。

(遂《つい》に、遂に見てしまったっ……!)

「ひぃっ……!」

息を吸いこんだ警備員は、そのままくたりと気絶した。

魔眼《まがん》の力を使う前に、警備員に気絶され、伯爵はきょとんと目を瞬《またた》く。

「何だ?」

いったい何があったのかと、伯爵は訝《いぶか》しむが。

(それは、アレだろう……)

警備員が伯爵と何を見間違《みまちが》えたのか、レオニールにはわかったが、あえてそれには触れないことにした。

『すみません、出すぎた真似《まね》をいたしました』

急いで執事コートの隠しから小瓶《こびん》を取り出したセルバンティスは、それを伯爵に見せるように持って、頭を下げる。伯爵に見覚えのない小瓶は、セルバンティスがハニーデュークから貰ったものだ。何か便利に使える怪《あや》しい薬品だろうと、伯爵は推測する。

「――まぁ、よい」

解《げ》せなかったが、細事にこだわっているような場合ではないと、伯爵は意識を切り替《か》える。

「行くぞ」

案内しろと伯爵に目で促《うなが》され、レオニールは昨夜の侵入《しんにゅう》路を再び辿《たど》る。

吸血鬼である伯爵とレオニールは夜目《よめ》が利《き》き、セルバンティスの左の義眼は暗闇《くらやみ》でも見える、暗視鏡の役目も果たす。三人は足音を殺し、人の気配に注意しながら地下へと降りたが、昨日レオニールが破壊した扉《とびら》は、あのままになっていて、部屋の中は空だった。

「やはり、扉がないのは問題だな」

作業員の監禁《かんきん》場所として、これでは適さない。

「貴様が考えなしに突《つ》っ込むからだ……！」

他人事《ひとごと》のように冷静に分析《ぶんせき》するレオニールに、伯爵は呆れる。レオニールと長い付き合いだという、フェルナンドの気苦労が想像できて、気の毒になった。

簡単に拠点《きょてん》を移動できないのではないかと、伯爵は考えている。

『坊ちゃま、少々お待ちください』

セルバンティスは左目の片眼鏡《かためがね》のフレームを操作する。微調整《びちょうせい》していくと、片眼鏡のレンズに、たくさんの光点が灯《とも》った。

『こちらにいます』

人数は伯爵に聞いていた通りだ。おそらく間違《まちが》いないだろう。

廊下《ろうか》の奥、ひとつの頑丈《がんじょう》そうな鉄の扉の前に伯爵を誘《さそ》ったセルバンティスは、腰《こし》を落とし、難なく扉を開錠《かいじょう》する。重そうな扉は、レオニールが引き開けた。

予定外の時間に、鍵《かぎ》をいじる音に、何事かと身構えていたディンプス兄弟と男たちは、ぼんやりと闇に浮《う》かぶ、美麗な人影《ひとかげ》に、ぎょっとする。

「遅《おそ》くなってすまない」

聞こえたのは、涼やかな、つい最近聞いた覚えのある可愛《かわい》らしい少年の声。

「――――坊ちゃん……！」

ディンプスたちは、深夜の訪問者を友好的に受け入れた。

目を輝《かがや》かせ、伯爵に賛美者の眼差《まなざ》しを送るディンプスたちを、レオニールは冷ややかに見渡《みわた》す。

「ここでもそう呼ばれてたのか」

お坊ちゃん気質？

「やかましい……！」

伯爵は名前を教えなかったので、好きに呼ばせていただけだ。

同じようにフード付きのマントを肩《かた》にかけているが、今夜の伯爵は、晩餐《ばんさん》会用の衣服を身につけている。チラ見えする豪華な衣服の伯爵を、ディンプスたちはうっとりと見つめる。

いきなり扉が閉まらないよう、落ちていた石の破片《はへん》を用心深く挟《はさ》み、セルバンティスは近づく者の気配がないか、油断なく気を配りながら、扉のところに立つ。

伯爵はレオニールと共に、部屋の奥に進む。

「作業員たちの行方《ゆくえ》の件だが」

「はい。今日の五人には、砂の入った小袋《こぶくろ》を持たせて、この扉から出しました。よく見ればわかるはずです」

ディンプスは、弟たちに手際《てぎわ》よくマットレスを片付けさせ、首にかけていた鍵で、部屋の奥の扉を開いた。

そこに見えたものに、レオニールは軽く息を呑《の》む。緊張《きんちょう》したレオニールに、伯爵は気づく。

「どうした?」

「いや……」

何でもないと言うレオニールに、伯爵は今ここでする話ではないのだと判断する。

振《ふ》り向いた伯爵の視線に、セルバンティスは頷《うなず》く。

「朝になったら、これを外してください。扉が閉まると、鍵は勝手にかかります」

近くにいた男に言い置いて、セルバンティスは伯爵のもとに行く。


作業員が落として行った砂粒《すなつぶ》は所々に見えるが、この通路がどこにどう繋《つな》がっているのか、伯爵にはわからない。

「また戻《もど》って来るかもしれないが……」

「ぜんっぜん構いません!」

「どうぞ遠慮なく!」

「何度でも戻ってきてください!」

不安そうな目を向けられ、ディンプス兄弟は拳《こぶし》を握《にぎ》って伯爵に言う。熱心に言われて、ふわりと伯爵は笑《え》みを零《こぼ》す。

「ありがとう」

それはまさに、天使の微笑《ほほえ》み———!

「行くぞ」

付き合いきれないと、レオニールはさっさと扉をくぐる。

「わたしに命令するな！」

憤慨《ふんがい》しながら、伯爵はレオニールに続き、セルバンティスはディンプス兄弟に会釈《えしやく》して、伯爵の後を追った。

（地下、坑道《こうどう》……）

明かりのない狭《せま》い道を進みながら、伯爵は黴《かび》っぽい臭《にお》いと……鉄錆《さ》びた臭いを感じる。

「……レオニール……」

「あぁ」

ここは、知ることを禁じられた『地下通路』だ――――！

第十二楽輪　夢想花

（ここに入りこんだことを王子に知られれば、終わりだな）

今度はどんな言い逃《のが》れもできない。道を記憶《きおく》し、セルバンティスは砂の跡《あと》を消しながら進んでいるので、どこから侵入したかはきっとわからないだろうが、それは些細《ささい》なことだ。ディンプス兄弟は、自分たちの保身の為《ため》にも断固として口を噤《つぐ》むだろう。だが侵入者であるレオニールたちが、ここで見つかって白《しら》を切りとおすのは不可能だ。

レオニールは伯爵まで巻き添《ぞ》えにするわけにはいかないと、気を張る。

「……肩の力を抜《ぬ》け。殺気を放ちながら歩くな」

警戒《けいかい》する気持ちはわかるが、行き過ぎだと伯爵はレオニールを窘《たしな》める。

「貴様は一人ではない」

義眼と片眼鏡を用いて、セルバンは怪物《かいぶつ》や人間の存在を感知できる。伯爵は魔眼《まがん》の力で、他人を意のままに操《あやつ》ることができる。

小さな拳で、とんと背中を叩《たた》かれ、レオニールは何もかも一人で背負いこもうとしていたことに気づく。

「――――そうだな」

ふっとレオニールの放つ気が和《やわ》らぎ、伯爵とセルバンティスはほっとする。

砂の跡は点々と、延々と続いた。闇《やみ》をものともせず、早足で一時間もの距離《きょり》を進んで、どこまで行くのだろうと、伯爵は眉《まゆ》を顰《ひそ》める。熱い血は受け取ったばかりだが、何もしないうちに、移動だけで消費していく気がする。

「セルバン、今どのあたりかわかるか？」

『はい、坊《ぼっ》ちゃま――――』

「着いたぞ」

足を止めたレオニールにぶつかりそうになり、伯爵は足を止める。

レオニールは身体《からだ》を横に向け、ひとつの扉《とびら》の前に立っていた。

そっとノブを握ってみる。

「――――鍵がかかっているな」

『お任せください』

するりとレオニールと場所を入れ替《か》わったセルバンティスは、右手にピンを握り、鍵穴《かぎあな》にそれを差し込む。

かちり、小さな音が響《ひび》く。

『開きました。この向こうには、誰《だれ》もいません』

セルバンティスは音を立てないよう、扉を開く。

モルダー商会の地下室の廊下《ろうか》のような場所に出た。左右に扉があり、その向こうに、上に向かう階段が見える。人の気配は感じない。

『部屋に人はいません』

セルバンティスに頷いて、レオニールは先に立って廊下を進む。

砂が尽《つ》きたのか、撒《ま》かれていたものがなくなった。

生きて動くものの気配は感じないが――。

一階層あがったところで、レオニールは通り過ぎかけたひとつの扉の前で足を止める。

(この、感じ……)

ドアのノブに手をかける。鍵はかかっていなかった。

レオニールが扉を開き、その奥の暗がりに見えたモノに、伯爵とセルバンティスは息を呑む。

「な、んだ、あれは……!?」

それは、身体の一部を怪物化した、人間の――――亡骸《なきがら》。

腕《うで》や足、胴体《どうたい》だけなど、中途半端《ちゅうとはんぱ》に変化したモノが、百体近くも、巨大《きょだい》なガラス器で液体に満たされ、瓶詰《びんづ》めになっている。

恐《おそ》ろしい力を振るう怪物は、外見こそ醜《みにく》い、見たこともない獣《けもの》だが、その身体の内側は、人間と酷似《こくじ》している。

酷似しているのは――――。


『（人が来ます！）』

セルバンティスの声に、レオニールは伯爵たちと一緒に、扉を開けて中を覗《のぞ》いていた部屋の中に入る。

「（他《ほか》に人は？）」

伯爵に問われ、セルバンティスは慎重《しんちょう》に周りを探《さぐ》る。

『（いません。一人だけのようです）』

「（レオニール）」

部屋に引きずりこめ。

目で命じられ、息を殺して気配が近づくのを待ったレオニールは、やにわに扉を開け、通路を歩いていた男を中に引きずりこむ。

突然扉《とつぜんとびら》が開き、男は強い力で腕を摑《つか》まれて引き寄せられ、口を塞《ふさ》がれた。何が自分の身に起こったのかわからず、目を白黒させている男の前に、瞳《ひとみ》を赤く輝《かがや》かせた伯爵が立ちはだかる。

「貴様はこの場所に自由に出入りし、外に出られる者か?」

魔眼の赤い瞳の呪縛《じゆばく》を受けた男から、ぐにゃりと力が抜け、レオニールは拘束《こうそく》を解く。

「……はい」

男は空《うつ》ろな目で伯爵の赤い瞳を見つめ、返事する。

「明日の正午、中央公園横のカフェに来い」

「……はい」

普通《ふつう》ならばランチタイムだ。返事は速《すみ》やかで、呼び出された場所に来られない者の反応ではなかった。

話は、その時に。

「誰にも知られることなく、ここから外に出られるか?」

「……はい」


都の地下にあるかもしれない、鉱物を採掘《さいくつ》する為に集められたのかと思われた作業員の行き先は知れず、予想もしていなかった不気味なモノを目撃《もくげき》することになった。

地下通路のこともあり、このまま闇雲《やみくも》に調査を続けるのは危険だと、伯爵は判断した。

ヒューイと名乗った男に案内させて、伯爵は部屋を出る。

「異論は認めない」

「それでいい」

背中を向けたまま言った伯爵に、レオニールは頷《うなず》く。セルバンティスはヒューイにとって不測の事態が起こらないよう、やはり周りの人の気配を気にしながら進む。

警戒しながら進んだが、伯爵たちは誰とも鉢合《はちあ》わせることなく、建物の外に出た。建物を囲む高い塀《へい》の通用口に向かっていきながら、レオニールは建物を振《ふ》り返る。

月も星もない夜空を背に、大きな建物が陰《かげ》となって黒々と聳《そび》え立つ。

レオニールはその建物を知っていた。

(怪物の、研究所……！)

殲滅《せんめつ》した怪物の亡骸が、連日のように運びこまれている場所。

通用口から道路に出るや否《いな》や、レオニールは伯爵を攫《さら》って駆《か》け出した。

「おい!?」

(俺が今までしてきたことは、何だ……!?)

隊を率い、日に何匹《びき》も怪物を殲滅して――――。

悲痛な表情のレオニールに痛いほどに力をこめて抱《かか》えられ、視線を落とした伯爵は、そっとレオニールの首に腕を回し、自分から身を寄せる。

背後で通用口を閉められながら、セルバンティスは伯爵を攫ったレオニールを、悲痛な思いで見送る。

（レオン隊長……）

（あの方向には――――）

レオニールが真っ直《す》ぐ向かっているのは、都に新しくできた鐘楼《しょうろう》だ。

過日の夜と同じく、誰もいない夜の鐘楼に入りこんだレオニールは、そこで伯爵を下ろす。

「酷い顔だな」

本来の姿を包み隠すフード付きのマントを肩から落とし、むっと不機嫌な顔でレオニールを睨《にら》んだ伯爵は、レオニールの喉《のど》もとにあったマフラーを摑《つか》んで、ぐいと下に引いた。

首輪を引かれるようにバランスを崩したレオニールは、鐘楼の床に両膝をつく。

「戦うしか能のない男が、何を迷うか……！」

王宮の時計塔《とう》の時計の針がゆっくりと動き、長針で天を示す。

ゴーン……。

――――ンン……。

誰にも鳴らされることなく、鐘楼の鐘《かね》が、厳《おごそ》かにその音を響かせる。

月も星もない空は暗く、鐘楼に射《さ》し込む淡《あわ》い光もない。

闇に白く、金の髪の少年伯爵の顔が、夜に咲く花のように艶《あで》やかに浮かび上がる。


「貴様に、縋《すが》れる神などいない」

伯爵と二人、吸血鬼という呪《のろ》わしい身と成り果てたレオニールに、神の慈悲は届かない。

懺悔《ざんげ》に行く場所はと考えて、レオニールは銀の髪の神父を思い出す。

「俺の知っている神父は、副業で殺し屋をやっていた」

「この世に飽きたら、送ってもらえ」

きっと、弾丸の速さで地獄に行ける。

レオニールは伯爵を見上げる。

「その時は――――」

対《つい》の吸血鬼、レオニールがいなければ、伯爵の身は凍えて――――。

「馬鹿者」

伯爵は、つんと顎《あご》を上げ、レオニールを見下ろす。

「どうしてわたしが貴様に先んじられねばならぬのだ」

後を追うのは、レオニールの役目だ。


「もし貴様が何かを間違えたのなら――――」

暗がりで、跪《ひざまず》くレオニールのマフラーから、伯爵は手を放す。

「それはわたしに非がある」

「伯爵、ベルナルド……」

「赦《ゆる》されたいと貴様が願うなら、わたしが赦す」

伯爵の静かな声に、ぴくりとレオニールは身体を震わせる。

伯爵はそっとレオニールに手を差し伸べ、厳かに宣言する。


「わたしが、すべて赦す」

魅入られるように伯爵を見上げ、レオニールは差し伸べられる手に、手を伸ばす。

「赦してやる」

この愚かな男の犯した、どんな罪も、過ちも。

「わたしは貴様の主《あるじ》なのだから」

所有を宣言する伯爵を、レオニールは強い光を宿した炎のような青い瞳で見つめる。

「あぁ、赦せ」

レオニールを赦すことができるのは、この世でただ一人。

この冷たい手をした金の髪の少年伯爵だけだ。

堕《お》ちる時には、共に――――。

ゴーン……。

厳かな鐘の音が、黒く塗《ぬ》り潰《つぶ》された夜の都に響《ひび》き渡《わた》る。

ハンググライダーで空を翔《か》け、セルバンティスが鐘楼の屋根に到着《とうちゃく》した。

入れ替《か》わるように、黒い影《かげ》が鐘楼を飛び出した。

『坊《ぼっ》ちゃま……』

「案ずるな。あいつは弱くない」

脱《ぬ》ぎ置いたマントを手に取り、伯爵は軽く床を蹴《け》って、セルバンティスのいる、鐘の位置まで跳《と》び上がる。


ゴーン……。


「……真横で聞くものではないな」

『そうですね』

くすっと笑い、しっかりとセルバンティスは伯爵を腕《うで》に抱く。

「屋敷《やしき》に帰ろう」

『はい』

漆黒《しっこく》の翼《つばさ》を広げ、大事に伯爵を抱えて、セルバンティスは滑《すべ》るように宙を飛ぶ。

弟伯爵は、伯爵が屋敷についてまもなく、無事に晩餐《ばんさん》会を終えて屋敷に戻《もど》った。急いで部屋着に着替《きが》えて、伯爵は弟伯爵を出迎《でむか》える。

「お帰り、ルディ。楽しかったかい？」

「楽しかったですけど、食べすぎで苦しいですー……！」

ジョシュア王子に、あれこれと勧《すす》められて断りきれず、たくさん食べてしまった弟伯爵は、胃が張って苦しかったので、馬車では横になりながら帰ってきた。

「胃薬を処方しておきました」

こんなこともあろうかと、周到《しゅうとう》に用意していたシュタインベック医師は、したり顔でランディオールに薬包紙を渡す。

「とてもいいお店でしたよ、兄上と行ければいいのになぁ」

「そうだな。いつか一緒《いっしょ》に行こう」

リップサービスして微笑《ほほえ》んだ伯爵に、嬉《うれ》しそうに弟伯爵は笑う。

「はい！」


もう着替えて休んだほうがいいと、弟伯爵に胃薬を飲ませたランディオールは、寝室《しんしつ》に下がるよう、促《うなが》した。


「お帰りなさいませ、坊ちゃま」

伯爵が急いで脱ぎ捨てた衣装を片付けているセルバンティスに代わり、ホットミルクを仕度《したく》してきたマーゴットは、幾分硬《いくぶんかた》い様子の伯爵に気づく。

「――何かおわかりになりましたか？」

問いかけられ、伯爵は大きく息を吐《は》いてソファーに身を沈《しず》める。

「かえって謎《なぞ》が膨《ふく》らんだ……！」

嘆《なげ》いてから、伯爵は卓《たく》にホットミルクのカップを置くマーゴットに、顔を向ける。

「探して欲しいものがある」

「？　何でございましょう」

耳を貸せと伯爵に呼ばれ、マーゴットは内緒話《ないしょばなし》を聞く。

「……本気、でございますね。ええ、わかっておりますとも。少々年代物ではございますが、お望みのものは奥にしまってありますよ」

何を言い出すのかと驚《おどろ》いたが、一度言い出したら聞かないのは、幼い頃《ころ》からだ。納得《なっとく》するまで絶対に引き下がらないことを、マーゴットはよく知っている。

「明日の朝、わたしの部屋に運んでくれ」

「かしこまりました」

マーゴットはスカートを摘《つま》み、腰《こし》を落としてお辞儀《じぎ》して、夜食の給仕《きゅうじ》をミリアムに任せ、伯爵の探し物を引っ張り出しに行った。

夜勤の巡回《じゅんかい》勤務を終えてフェルナンドが寮《りょう》に帰ると、レオニールは既《すで》に就寝《しゅうしん》していた。

(明日から出勤だからな)

療養休暇《りょうようきゅうか》ということになっていたレオニールは、しばらくの間大事をとってデスクワークからだが、寝坊《ねぼう》や遅刻《ちこく》しないよう、早めの就寝はいい心がけだ。レオニール小隊は、レオニールがデスクワークから通常勤務になってから、再編成される。それまでレオニール小隊の隊員は、指定を受けたいくつかの隊に分かれて参加し、勤務する。

翌日、午後からの勤務だったフェルナンドは、デスクワークについているレオニールの執務《しつむ》室を訪問した後、ベルナルド伯爵邸に向かった。


「レオンなんですけど……、何かありましたか?」

唐突《とうとつ》な質問に、居間で新聞を広げていた弟伯爵は、首を傾《かし》げる。

「何かって、どうかなさったんですか?」

「いえ、えーと……」

(弟君の方だったのか☆)

横にセルバンティスがいたので、てっきり兄伯爵の方だと思いこんでしまった。同じ顔の双《ふた》子《ご》の伯爵は、何から何までそっくりで、おとなしく座っているだけだと見分けがつかない。

「今日から、お仕事なんですよね」

弟伯爵は読んでいた新聞を畳《たた》んで卓に置き、フェルナンドを見つめる。

「ええ、まぁ、そうなんですが……」

純真無垢《むく》な弟伯爵の視線に、いたたまれずにフェルナンドは目を逸《そ》らす。何かあったなら、こちらの伯爵様に違《ちが》いないと、短絡《たんらく》的思考に走っていた己《おのれ》を、フェルナンドは反省する。

『どうぞおかけください。今、お茶をいれます』

居間に入ったばかりの位置で立ち尽《つ》くすフェルナンドに、セルバンティスはソファーに腰掛《こしか》けるよう勧める。

遠慮《えんりょ》しながらソファーに腰を下ろしたフェルナンドは、話題を逸らそうとして思い出す。

「そういえば、お茶の匂《にお》いだそうです」

『は？』

唐突なフェルナンドの言葉に、お茶のカップを運んだセルバンティスと、弟伯爵はきょとんとする。

「お茶、ですか？」

「あ、あぁ、すみません……！　この前、レオンが御無礼《ごぶれい》しました、あのことです。同じ匂いがしたって言ってた……」

何だか支離滅裂《しりめつれつ》になっているフェルナンドは、恐縮《きょうしゅく》する。

弟伯爵は、うーんと視線を上向けて考える。

「僕は公務で外出してて、美術館の授賞式と祝賀会に出席して。お茶を飲んだのは、王子様と同じテーブルでお茶していたときかな」

その場面は、フェルナンドも怪物《かいぶつ》出現の報告をしに行っていたので、覚えている。

「その後は、この部屋でランディにいれてもらったお茶を飲んだよ」

『坊ちゃまは出先で食後のお茶をお飲みになって、こちらのお屋敷でも、マギにいれてもらったお茶をお飲みになってます』

「……別におかしな点はありませんよね」

出先で飲んできたお茶は違っても、この屋敷で飲むお茶は、同じ葉で抽出《ちゅうしゅつ》されたお茶なのだから、同じ匂いがして当たり前だ。


「――そうか、どこかで嗅《か》いだような気がしていたのだ……！」

居間に入ってきた伯爵の声に、振《ふ》り向いた弟伯爵とフェルナンドは、ぽかんと口を開ける。

「あ、あにうえ……？」

「今日は昼に出かける。ちょっと早いが、練習だ」

ランディオールにエスコートされ、澄《す》まして居間の椅子《いす》に腰掛けたのは、ドレス姿の可愛《かわい》らしい令嬢《れいじょう》となった伯爵だ。エクステンションを足した豪華《ごうか》な金の髪《かみ》は、可愛らしく結《ゆ》い上げられていた。うなじにかかる後《おく》れ毛は、ぽやぽやとして何とも言えない愛嬌《あいきょう》がある。

「膝《ひざ》は揃《そろ》えて。足は揃えて、軽く斜《なな》めに流すように」

「うむ」

伯爵はランディオールに言われたとおり、脚《あし》を揃える。

「お返事は『はい』で、お願いいたします」

「『はい』」

もとがいいだけあって、使用前使用後のように弟伯爵が横にいても、女装した伯爵は文句なく可愛らしく、可憐《かれん》なお嬢様《じょうさま》にしか見えない。

セルバンティスは、ベルナルドお嬢様にお茶を供する。

「ありがとう」

いくらか高めに声を出し、伯爵はしずしずと上品にお茶を口に運ぶ。

「美味《おい》しいわ」

「結構です」

演技指導に当たっているランディオールは、満足そうに頷《うなず》く。ばっちり深窓の令嬢だ。

（いきなり呼ばれて何事かと思ったが……、化けるなぁ）

屋敷に保管している女性物の衣装から、マーゴットが伯爵に合いそうな物をいろいろと選び、揃えていた。化粧《けしよう》され、髪を決めると、そこにいたのは愛らしい令嬢だ。

度胸が据《す》わっていて大胆《だいたん》である為《ため》、ランディオールに演技指導を願った伯爵の飲みこみは早かった。ポージングをこなして、修正を加えれば、これなら十分人前に出られる。

愛らしすぎて、注目されるだろうから、まったく気を抜《ぬ》けないだろうが。

「あの、さっき仰《おつしや》られた、嗅いだような気がしたって、何ですか？」

おずおずと問いかけたフェルナンドに、伯爵は答える。

「出先でいれてもらったお茶だ。ジョシュア王子とお茶するときのお茶の香《かお》りと同じだった」

伯爵の言葉に、フェルナンドは眉《まゆ》を顰《ひそ》める。

「王子様のお茶は特別な物で、王子様の為にだけいれられて、王子様と同席した者だけが飲めるもので、茶葉は一般《いっぱん》には出回らないと、聞いたことがありますが……」

「そうなのか？」

それが本当なら、あのディンプスの部屋には、王子の息がかかっていることになる。

（ますます嫌《いや》なことになってきたな……）

昨日、地下通路を辿《たど》って着いた先が、王子が中心になっている、怪物の研究所だったこともそうだ。

つつけばつつくほど、出てくるのは謎であり、王子の影《かげ》がちらつく。

（嫌だなぁ……）

伯爵は可愛いお嬢様の格好で、渋《しぶ》い顔になる。

腕組《うでぐ》みして渋い顔の伯爵に向かって、ランディオールはパンと手を叩《たた》く。

「お嬢様！」

演技しろと注意され、伯爵は顔を上げる。

「失礼」

お嬢様モード、オン☆

「……あにうえ」

「はい」

ベルナルドお嬢様は、弟伯爵ににっこりと微笑《ほほえ》みかける。

「何かしら？」

「そこは、もう少し、首を傾《かし》げるように。――そう、そのくらいです」

「……その格好でお出かけになられるのですか？」

「はい。遅《おそ》くならないように帰ります」

にこやかに言うベルナルドお嬢様に、弟伯爵はきらきらと目を輝《かがや》かせる。

「じゃあ、僕も！　一緒《いっしょ》にお出かけしたいです！　いいでしょう？」

甘えた声を出してねだる弟伯爵に、にこっとベルナルドお嬢様は微笑む。

「ダメ」

「えー☆」

すっぱり断られ、弟伯爵はばたばたと足を振り動かす。

「そんなの、ずるいですー！」

駄々《だだ》を捏《こ》ねたくなるほど、ベルナルドお嬢様は愛らしい。エスコートしてお出かけするのは、とっても楽しそうだ。

じたばたする弟伯爵に、ベルナルドお嬢様は極上《ごくじょう》の笑《え》みを浮《う》かべる。

「だって、ルディとは練習後の本番でないと」

言い放たれた言葉に、ばたばたしていた弟伯爵はぴたりと動きを止める。

「僕が、本番、ですか？」

「もちろん」

にっこりとベルナルドお嬢様は微笑む。

「兄上〜〜〜！」

感激した弟伯爵は、がしっとベルナルドお嬢様の、白いレースの手袋《てぶくろ》を嵌《は》めた手を握《にぎ》った。

酒の匂いを振り撒《ま》きながら、ハニーデュークはよろよろと居間に侵入《しんにゅう》する。

「セルバンくん、キミねぇ、ポケットの中に入ってたこの薬、いったいどこで、誰《だれ》に貰《もら》ったんだい!?」

常にないへべれけの様子に、伯爵は眉を顰め、弟伯爵は脅《おび》えて兄伯爵に寄り添《そ》う。

内緒《ないしょ》で薬を貰ったセルバンティスは、目の据わっているハニーデュークに、気まずい思いをしながら答える。

「……トールキンス侯爵様のお屋敷で、行儀見習《ぎょうぎ》いにいらしていた、アンドリューさんという方にいただきました」

「侯爵様の、ところの」

むっと不機嫌《ふきげん》な顔をしながら、ハニーデュークは繰《く》り返す。

ベルナルド伯爵邸にはシュタインベック医師と、ハニーデュークがいる。内緒でこそこそと他所《よそ》の医者に薬品を貰っていては、ハニーデュークが気を悪くすることもあるだろう。

飲んだくれる気持ちも、わからないではないと、伯爵は思う。

「何の薬だ？」

「アンドリューって、奇遇《きぐう》ですね。ジョシュア王子様のお側《そば》についている給仕の方も、アンドリューさんですよ」

にこにこと報告した弟伯爵に、フェルナンドも笑う。

「最近異動になったレオニール小隊の若い隊員も、アンドリューって名前でしたよ」

同じ名前の人間は、世界中に数え切れないほどいるが、年齢《ねんれい》も背格好も顔つきも同じというのは、どういうことだろう。

「ちょっと待て。何かおかしいぞ……！」

思わず素《す》に戻《もど》って意見したベルナルドお嬢様は、ランディオールに舌打ちされた。

Intermission of SVD

「伯爵邸《はくしゃくてい》から、連絡《れんらく》が来た……！」

緊急時《きんきゅうじ》連絡用の小鳥を肩《かた》に乗せ、レオニールの部屋を訪問したフェルナンドは、緊張で顔を強張《こわば》らせながら、小鳥の足に結び付けられていた手紙の用件を伝える。

「『星香先生のオフィスから、伯爵邸に戦場が移った。弟伯爵は善戦虚《むな》しく退場。至急、応援《おうえん》を請《こ》う』――――」

ベルナルド伯爵邸で、がんばってももっともＨＰの低そうなのが、弟伯爵だ。真面目《まじめ》なのだが、戦闘力《せんとうりょく》の低さは、いかんともし難《がた》い。伯爵邸が戦場になっているとは――――！

「もっと早く声をかければよいものを……！」

被害者《ひがいしゃ》を出してから応援要請《ようせい》をするのでは、遅《おそ》すぎる。吐《は》き捨てるように言って、軍服に素《す》早《ばや》く袖《そで》を通したレオニールは、銃弾《じゅうだん》を確認《かくにん》し、愛用の銃剣《じゅうけん》を握《にぎ》る。

「行くぞ、フェル！」

「あぁ……！」

レオニールとフェルナンドが駆《か》けつけた伯爵邸は、文字通り戦場となっていた。

「バラだ！　バラが足りぬ！　カード印刷用のプリンターのインクがもう切れるぞ！」

『マギ様、どなたかの御《ご》住所に変更箇所《へんこうかしょ》があったはずですが……』

「ミリ！　星香先生の事務所に届いた、宅配便の表書きを持ってきておくれ！」

「包装紙と茶封筒《ぶうとう》、箱のサイズに合いませんよ！　誰《だれ》ですか、こんな物買ってきたのは⁉」

「こちら、仕分け終わりました！　梱包《こんぽう》作業いたします！　クッション材どちらですか⁉」

伯爵たちが右往左往している室内は、室温は低いが、甘い匂《にお》いに満ち満ちていた。

「貴様！　来たのなら、入り口でぼーっと突《つ》っ立たず、買い物に走らんか！」

レオニールの姿を発見した伯爵は、押し付けるようにして買い物メモを渡《わた》す。甘い匂いに気分が悪くなりかけていたレオニールは、逃《に》げるように買い物に行く。

「は、く爵様、いったい、これは……」

フェルナンドは、ランディオールとオースティンのいる梱包用作業台に、問答無用で引っ張って行かれ、きらきらしい小さなチョコレートの包みの山を前に、目を白黒させる。

「この時期の作業といえば、日頃《ひごろ》世話になっている方々へのバレンタインのチョコレート発送の作業に決まっているだろう！　建国記念日という祝日があるから、油断ならぬのだ！」

同梱する可愛《かわい》い品やリボンの店が、祝日定休である。これはけっこう困る☆

「絵師のおおき先生用のチョコ、バラ待ちです！」

今回も、可愛いステキイラスト、ありがとうございました♡

「担当の女史にも、送るのを忘れるな！　入稿《にゆうこう》遅くて、先生共々へろへろだったぞ！」

大変お世話をかけました☆　甘いものなど、どうぞ♡

『校閲《こうえつ》の方々や印刷屋さんにも、いつも大変お世話になっているのに……』

この本を発行してくださいました角川書店様、ありがとうございました♡

「お買い上げいただいた読者の皆様《みなさま》からは、星香先生、毎年、チョコをいただいてるんですよね。これって、ぼったくりくさくないですか？」

「お客様からの愛を、ぼったくりなどと言う罰当《ばちあ》たりは、どこの誰ですか⁉」

大きな草刈《くさか》り鎌《がま》を持ち上げたオースティンに、ランディオールは慌《あわ》ててそっぽを向いた。

伯爵邸の屋根の上で、買い物に走るレオニールを見送り、作業台からくすねてきたチョコレートボンボンを味わいながら、くすっとハニーデュークは笑う。

「忙《いそが》しいし、甘い匂いだけでルディくんは倒《たお》れたし。ホント、戦場だよねぇ♡」

二〇〇九年一月二日　いただいたチョコは仕事しながら摘《つ》まんでます♡

流　星　香

おまけマンガ

少年伯爵は月花を愛《め》でる

おおきぼん太

「悪夢のバレンタイン」

「少年伯爵は月花を愛でる」の感想をお寄せください。
おたよりのあて先
〒102-8078　東京都千代田区富士見2-13-3
角川書店ビーンズ文庫編集部気付
「流星香」先生・「おおきぼん太」先生
また、編集部へのご意見ご希望は、同じ住所で「ビーンズ文庫編集部」
までお寄せください。

少年伯爵《しょうねんはくしゃく》は月花《げつか》を愛《め》でる

流星香《ながれせいか》

角川ビーンズ文庫　BB14-15　15550

平成21年2月1日　初版発行

発行者――井上伸一郎
発行所――株式会社角川書店
東京都千代田区富士見2-13-3
電話/編集(03)3238-8506
〒102-8078
発売元――株式会社角川グループパブリッシング
東京都千代田区富士見2-13-3
電話/営業(03)3238-8521
〒102-8177
http://www.kadokawa.co.jp
印刷所――暁印刷　製本所――BBC
装幀者――micro fish

ISBN978-4-04-445615-3 C0193 定価はカバーに明記してあります。